バーゼルの虹

ドイツの旅・スイスの友

森田弘子

目次

一　一九七〇年夏　ベルリンにて――思わぬことに出会って……………3

序章　5　スイス滞在　9　西ベルリンへ　12　ニュルンベルク駅で　16　東ベルリンへ　19　森田　急病になる　22　入院二日目「森田氏」に会う　34　三日目　医長先生に怒鳴られて……　39　鉄格子越しの面会　43　東ベルリンの老婦人たち　44　入院六日目　退院と出国検問所での最後の検問　47　……そしてその後　54　どのようにして西ベルリンからスイスへ

帰ったか 55　足首の傷はその後どうなったか 56　急病になった原因は何だったのでしょうか 57　なぜケルクホーヘン夫人が「よく手紙を書くことを思いついてくれましたね」と言ったのでしょうか 58　私はドイツ語が理解できたのでしょうか 59　失くした一、〇〇〇スイスフラン札の話はどうなったのでしょうか 60　ベルリンの壁が崩壊して 61　ベルリン再訪 65

二　子どもと絵本と私……71

1　字が読めないことは　幼児の特権！ 79
2　不親切のようで実は…… 87
3　スイスの幼稚園に娘を通わせて 90
4　チューリヒの小学校参観記　クラスを二つのグループに分けて授業 104

三　スイス旅日記――一九九二年九月十五日〜十月四日……109
1　旅に出るまで　111
2　父の入院、逝去　113
3　旅日記　115
4　旅の後で……　205

四　生活スケッチ……217
1　シュピーゲルアイアー＝目玉焼き　219
2　ドアンジャイの友情　225
3　バーゼルの虹　232
4　……どちらが気に入りましたか　234

5　日本文化よ、どこへ行く……　238
6　『フェルマーの最終定理』を読んで　248
7　『ベルリン 1919』、『ベルリン 1933』、『ベルリン 1945』　252
8　バルト海にて　259
9　戦争の爪痕――ドイツ人のハイデさんとギュンターの場合　262
10　バーゼルのファスナハト（カーニバル）――平和であってこそのお祭り　267

五　ルター宗教改革ゆかりの地を訪ねる旅――その後……　275

おわりに　288

バーゼルの虹　ドイツの旅・スイスの友

一　一九七〇年夏　ベルリンにて——思わぬことに出会って

ブランデンブルク門（2001年に描く）

序章

一　一九七〇年夏　ベルリンにて――思わぬことに出会って

半世紀以上も前の体験を今頃になって話すと言うのも、考えてみればちょっとおかしな話かもしれません。

えっ！　そんな古い話はお聞きになりたくない？　そうですね。

でも、是非聞いてください。これからお話すること全部が、私にとりましては人生最大の冒険といいますか、ピンチでしたから、この五十年忘れようにも忘れられるものではなく、いつかこうしてゆっくり話したい、書きたいと思っていました。

もっと若いうちに話すとよかったかもしれませんが、その後本を読んだり、話を聞いたりして、知識が蓄積しましたから、自分の出会った出来事への理解が進みました。話すのはやはり今だろうと考えます。

いきなり本題へ入るのは唐突過ぎますから、まずそこへ至るまでの話をしましょう。

私は茨城県の片田舎育ちですが、父は戦前にアメリカ西海岸へ観光に行ったことがあるという人です。そんな父でしたからとてもハイカラ、母も新しいものはすぐに取り入れる精神の持ち主でした。戦後まだまだ日本の田舎には珍しい「パン食生活」を、いち早く彼らは楽しんでいました。彼らの目はいつもヨーロッパ、アメリカへ向いていた気がします。

そんな中で育ったせいか、私自身も小さいころから欧米への関心が高かったです。日本の昔話や民話よりも『小公女』『小公子』をはじめ、リンカーンやワシントンなど偉人の伝記などを好んで読んでは、ヨーロッパやアメリカへ夢を馳せていました。小学校五年生のときに開催されたヘルシンキ・オリンピック（一九五二年）や、六年生のときのイギリス・エリザベス二世女王の戴冠式（一九五三年）などには特別興味を抱き、スクラップブックまで作って楽しんだものです。

そんな生活の中で、不思議なことにドイツについての思い出はあまりありません。ヒトラーの『我が闘争』の翻訳本を父が持っていましたが、カギ十字の付いた表紙の本を読みこなせる年齢でもなく、パラパラとめくってみることもありませんでした。ドイツが私の意識の中に登場してくるのは、高等学校二年生で学習する地理の時間でした。

「ベルリン」という響きをはっきりと意識して耳にしたのも、その地理の時間でした。私たちのクラスの地理担当は教頭先生で、ヨーロッパの都市についての授業の中で「ベルリンは計画都市で、街の中央にウンター・デン・リンデンという、幅の広い真っすぐな道路が通っている」という説明をしながら、「覚えておかなくちゃだめだよ」という意味を込めて、持ち前のぎょろりとした目を私たちの方へ向けたのです。

先生のぎょろ目は怖くもあり、親しげでもあり、私たち生徒の間では密かに噂の種でした。先生の説明する「ウンター・デン・リンデン」という響きも私には珍しく響き、それが「菩提樹の下」という意味だというのは、ずっと後になって知りました。当時はどういう意味か分からないままでしたが、埃っぽい狭い田舎道しか知らない私は「そんなきれいな真っすぐの広い大通りを、一度見てみたい、歩いてみたい」、と憧れを抱いたものでした。

私は一九四一年一一月生まれ、日本の真珠湾攻撃は誕生からわずか十日ほどのことです。そして敗戦を三歳九か月で迎えています。敗戦後の日本が食糧難で、大人も子どもも飢えに苦しんだと聞いても、まだ幼かったですから実体験としての記憶はありません。少し大きくなって、日本が占領下にあるとか、サンフランシスコ講和条約を締結したとかは、大人たちの話から何となく理解している程度でした。

ましてや同じ敗戦国ドイツが戦後、国を東西に分断され、首都ベルリンまでも東西に分けられるという憂き目にあって、大変な時代を過ごしている、そういうドイツの社会状況を、子どもであったが故に興味も持たなかったのは確かです。私たち子どもに限らず日本社会全体が、そのころはまだ情報手段も限られ、情報量も少なかったために、ヨーロッパの状況などをよく理解していなかったと思います。

私の育ったころはそんな時代でした。

それでもどういうわけか、一九六一年大学生のときにベルリンの街に突如「壁」が作られ始めた、というニュースはしっかりと覚えています。西側社会と東側社会を隔てる壁は「冷戦の象徴」なのだと、父が言っていました。

そうです……そのころ「米ソ冷戦」という言葉をよく耳にしました。それは第二次世界大戦後から始まった世界的な対立の構図で、アメリカをはじめとする西側諸国と、ソ連を旗頭にした東側諸国が戦火を交えずに、けれども互いに譲らずに対抗していた時代を言います。私自身がそれを認識するようになったのは一九六〇年前後、年齢にして言えば二〇歳前後のことで、アメリカではケネディ大統領が選出されたころです。我が青春時代、世界は冷戦下にあったと言えます。

日本に暮らしている限りは、この冷戦もたいした問題ではなかったはずです。けれども私はこの冷戦真只中の一九六八年一一月から一九七〇年八月まで、スイスに滞在することになります。

スイス滞在

よりによって冷戦真只中の時代、スイスにどうして滞在することになったのでしょうか。一九六七年一一月、私は森田安一と結婚しました。森田はヨーロッパの宗教改革史全般を勉強していて、特にスイスの宗教改革者ツヴィングリを研究していました。一九六八年スイス政府奨学金留学生として渡瑞、私も三か月ほど遅れてスイスへ渡りました。当時はまだ一ドル三六〇円時代のことで、ごく限られた日本人しかヨーロッパへ出かけませんでした。チューリヒの街でも日本人を見かけることは、ほとんどありませんでした。

なお、かの有名なチェコ事件（「プラハの春」へのワルシャワ条約機構の軍事介入）が起きたのは、森田がスイスへ渡った一九六八年夏のことです。この騒ぎのあとには、チェコスロバキアからの難民がたくさんスイスへ流れてきたと聞いています。チューリヒ大学にも難民大学生が結構いました。

「アルプスの少女ハイジ」を読んでいたせいか、小さいころからスイスに憧れていて、大きくなったらスイスへ行ってみたいと思っていました。その思いが通じたのかどうかはさておき、偶然にもスイスへ行けることになってとても嬉しかったですし、憧れていたスイスでの新婚生活は楽しかったです。

住んだのはチューリヒ郊外、中央駅から列車で三駅先のディーティコンという小さな町にあった、新しい学生会館でした。到着翌日だったか、一人で列車に乗ってチューリヒへ行くとき、乗車券をどこで買ったらいいのかさえ分からないという「おのぼりさん」で、往復切符を欲しいと伝えるのに苦心しました。当時の私はドイツ語をほとんど話せませんでしたから、切符販売の駅係員に、指で右と左を差して「往復」を伝えて切符を買いました。それが出来ただけで嬉しかったです！

学生会館の夫婦用居室には大きな机と本棚、テーブルと椅子が二脚、シングルベッドが二つ、隅にシャワー、トイレ室、その反対側の隅に小さな冷蔵庫と、電気コンロを備えたお台所がありました。この電気コンロは今日この頃のＩＨヒーターのようなもので、炎というものがないので火加減が難しかったです。お米をお鍋で炊くのですが、失敗したりして、上手に炊き上げるのにはずいぶん工夫が必要でした。日本の電気釜がよくできているのに気が付いたのも、このときです。

買い物は駅の反対側にあるスーパーマーケットへ行きました。

今こうしてスーパーマーケットと書きますと、すぐに「イオンやヨーカドーのようなお店のことね」と、誰でもすぐに分かります。でも、私たちが日本を出た一九六八年ごろは、まだスーパーマーケットは日本に普及していませんでした。スイスへ渡った当時は、「なんて便利なところだろう。ドイツ語が話せなくとも必要なものはちゃんと手に入るし」と考えて、とても有難かったです。

その後このスーパーマーケットへ、日本からの視察団がいくつもやって来ました。その結果、帰国後身の回りにスーパーマーケットがたくさん出来ていて、驚きました。日本はヨーロッパに一歩遅れて、時流に乗ったということです。

学生会館のお部屋の中では日本語を話し、日本で作るような食事を作って、おままごとのような毎日を送っていました。森田の留学期間は二年間で、時は瞬く間に過ぎていき、一九七〇年の夏には帰国する予定になりました。帰国が迫ってきた七月、せっかくのヨーロッパ滞在、次にいつヨーロッパへ来ることが出来るか分からないのだから、この際東ドイツのルター宗教改革ゆかりの地へ行ってみたいと、森田が言い出しました。
冷戦下、国交のない東ドイツをどのように旅するのか、それが問題でした。

西ベルリンへ

国交のない東ドイツへどのように入るか、森田が知人、学生仲間へリサーチの結果、まず列車でチューリヒから西ベルリンへ行き、西ベルリンから一日ビザで東ベルリンへ入る。東ベルリンの旅行代理店で旅の計画書を提出し、ホテル代を全額前払いすると、翌日旅行許可が下りる……という情報を得ました。

初めの計画では森田は、ツークに住んでいる日本人牧師さんと旅をすることになっていました。旅行出発前日になってその牧師さんが急に都合が悪くなり、一緒に行けないと言ってきました。旅行へ一人で行くか、中止するか、散々迷った挙句「君（私のこと）、一緒に行こうよ」と、森田は第三の案に辿り着きました。旅費についてはいささか心配でしたが、連れて行ってくれるというのでしたら、私に否《いな》やはありません。喜んでついて行くことにしました。

かくして、若くて何をするにしても前へ進むことしか考えない私たちでしたから、なんの疑問も持たずに、教えてもらったように行ってみようということになりました。

出発は二人別々の時間になりました。森田はチューリヒ中央駅から朝一番のニュルンベルク行き国際列車で出発。ニュルンベルク到着後旧市街やデューラーの住んだ家などを見学。真夜中十二時前後に、半日遅れてニュルンベルクに到着する列車に乗っていく私と合流する、という計画を立てました。

時間と場所が決まっているのですから、会えないはずはありません。必ず会えると、お互いに疑いませんでした。

出発当日、森田は予定通り早朝の列車でニュルンベルクへ向かいました。出発を見送った私は行きつけの本屋へ行き、森田が注文してあったフォン・ミュラルト教授の著書を受け取りました。実はそれより前にその著書を購入し、すでに教授のサインは頂戴してありました。ところがその本に落丁が見つかり、仕方なく改めて本屋に取り寄せてもらうことになったのです。ベルリンの旅から戻るころには教授は夏休みに入ってしまう、と研究室で教えて貰っていましたから、どうしても旅に出る前に、改めてサインを貰いたかったのです。教授を訪ねて、サインをもらう役目を私は頼まれました。教授は、代理で行った私を、はじめは怪訝に思ったようですが、説明すると快くサインをしてくれました。フォン・ミュラルト教授は背の大きな、優しい雰囲気を漂わせた、立派な風貌の老人（？）でした。

その役目を済ませてホッとし、もう一度学生会館の居室へ戻って、旅支度をしようと考えました。

十日間ほど留守にしますから、帰国を前に銀行の預金を解約したお金一、〇〇〇スイスフラン札（スイスには当時日本円にして約十万円の価値がある〈今の貨幣価値にしますともっと大金になります！〉大きな、少し長めのお札がありました）の安全を確かめようと、それを置いた場所を覗いてみました。

えっ！

確かにしまっておいたところにその一、〇〇〇スイスフラン札がありません!!

どうしたのだろう。手を止めていろいろ考えましたが、何も思い当たりません。泥棒が入ったとはまず考えられません。なんかの拍子に捨てたのだろうか、それはあってはならないことです。私はカーペットの上に座り込んで、しばらく呆然としていました。何分くらいそうしていたでしょうか、そうだわ、今からベルリンへ出かけるのだ！　と気が付き、気もそぞろに旅支度を始めました。すっかり用意をして、もう一度お札を置いた場所がカラなのを見て、チューリヒ中央駅へ行く列車に乗りました。その時は、ともかくニュルンベルクで森田に会わなければ、とだけ考えました。

チューリヒ中央駅で同じ学生会館に住むドイツからの留学生ウルリケに偶然出会いました。急ぎ足の私に「ヒロコ、どこへ行くの？」と、怪訝そうに問う彼女。

「今からニュルンベルクへ行くの。真夜中に列車の中でヤスカズと待ち合わせたのよ」と答える私。

「ヒロコ、そんなこと無理よ。ドイツ人の私だって、そんな約束はしないわ」との答え。ウルリケがそう言っても、「大丈夫よ。時間と場所が決まっていれば会えないことはないわ」と私は主張し、彼女の言っていることが妙に響きました。そして彼女とはそこで別れました。

チューリヒ中央駅でニュルンベルク行十六時十分発の列車に乗車。初めての一人旅、しかも七、八時間の長い列車の旅です。陽のあるうちはまだ窓外を楽しめました。ヨーロッパの長い夏の日差しが翳り出す頃になると、心細くなってきました。スイス国内と違って西ドイツでは列車の乗り降りも盛んですし、賑やかです。列車は順調に走り、夜のとばりがすっかり降りた真夜中二十三時四十五分、予定通りニュルンベルク中央駅へ到着しました。

ニュルンベルク駅で

森田はすぐに乗車してくると思って、私は悠然と座って待ちました。どやどやと大勢の人が乗り込んできました。ほとんどが中高年男女、子どもの姿などありません。どの人も大きな荷物を持ち、素早く座席を確保して荷物を棚に上げたり、足元に押し込んだり……と、身体の大きなドイツ人が無言でどしどしと動き回るのは、恐怖を覚えるほどでした。それに、乗車してくる人が揃いも揃って大きな荷物を持っているのが、なんとなく不思議でした。

私は待てば絶対に森田に会えると思っていましたが、車輛がだんだん人と荷物でいっぱいになってきて、空いている座席も少なくなってきたころから気もそぞろになりました。次第に心配が大きく膨らんできて、どうしようもなくなったのです。次の瞬間すっくと立ちあがり、荷物を抱え込むと通路をやみくもに歩きだしました。後で席が確保できるか否かなど、最早心配もしませんでした。

ウルリケの言ったことがふっと浮かびました。ドイツ人の彼女は、私が話したことの危うさを知っていたのでしょう。だから「無理なことよ」と言ったのだと、そのときにやっと気が付きました。

「森田に会えなかったらどうしようか……」という恐怖が湧いてきました。

「ニュルンベルクで下車してチューリヒへ戻ろうか、でもそれでは森田が困るだろう……」とあれこれ考えながら通路を歩きました。

しかし、その列車の連結の長いこと！　歩いても、歩いても車輌は続いています。

後で知ったのですが、ミュンヘンから来た列車、ハンブルクから来た列車、その他スイス、オーストリアなど、いろいろな方面から走ってきた列車が、ニュルンベルクで連結されて長い、長い一台の列車になり、夜中に東ドイツ領を走り抜け西ベルリンへ行くのです。それを知らなかった私たち！　ウルリケはこういうこともすでに知っていたのです！

長い車輌の通路を次から次へと人混みと大きな荷物を避けながら、どれほど歩いたことでしょうか。

突然目の前に森田が現れました！

そのときの嬉しさといったらありません。ああ、よかった！　言葉を交わすのもそこそこに、座席を確保しようと急ぎました。すでに列車は人であふれ、並んで座れる席は見つかりませんでしたが、運よく二人筋向いに座ることが出来ました。座席に座ったとたん、

「私ね、一、〇〇〇スイスフラン札をなくしちゃったの」と森田へ言いました。

突然の私の話に森田は驚いて「えっ」と私の顔を見ました。

「そりゃ、ないだろう。もう一度よく探してみればあるよ」と言ってから
「お腹が空いたなぁ……。そうだ、おにぎりが残っているから食べよう」と言って、私が今朝五時ごろに起きて作ったイタリア米のおにぎりを、美味しそうに食べました。食べ終わると「さあ、ベルリンまで寝なくちゃね」と、寝てしまいました。

このとき、お互いに頭の中を占めていることは、まったく別でした、当然のことながら。

長い列車は漆黒の闇の中を、休むことなく、途中で速度を落としたりしながらも停止することはなく、ひたすら東へ、東へ、西ベルリンへ向かって進みます。車内は重苦しい空気が漂い、誰も一言も話さず、ときに咳払いや空咳は聞こえますが、ほとんどの人は眠ったり、考え事をした

りしています。森田も早朝出発した疲れからか、すぐに眠りについたようでした。私は一睡もできませんでした。窓外はただ闇の世界で、外へ目をやるといつも不安そうな自分の顔がガラスに映って、私を見つめていました。

東ベルリンへ

翌朝、七時三十一分、列車は西ベルリン・ツォー駅へ到着。ここが西ドイツからの列車の終点です。車内は安堵の思いにあふれ、活発な空気におおわれました。人々は立ち上がって降りる用意をし始め、通路は大きなリュックサックを背負った人、持ちきれないほどの荷物を抱えた人、大きなトランクを下げた人たちでたちまち一杯になりました。私たちもその列に加わって下車しました。

下車したホームの反対側に、日本の小学校校庭でよく見るたくさんの水道栓が取り付けられた、コンクリートの水飲み場のようなものがありました。何に利用するのかは、すぐに分かりました。夜汽車でベルリンへ到着した人々が、一斉にそこで口をすすぎ、顔を洗って、リフレッシュするのです。私たちも真似をして顔を洗いました。

何より先に、東ドイツ国内旅行の予約をするという目的を果たそうと、すぐに東ベルリンへ入ることにしました。Ｓバーンに乗り込みますと、驚いたことに一緒の列車に乗ってきた大勢の人たちが、私たちと同じように東ベルリンへ向かうのでした。三つほど先の国境の駅、フリードリヒシュトラーセ駅へ電車は向かいました。


冷戦下の時代、東ベルリンと西ベルリンの国境検問はとても厳しいものでした。ベルリンでは何か所かに検問所があり、電車で向かう場合は大抵このフリードリヒシュトラーセ駅の検問所を利用します。駅に到着すると、地下壕へ降りるような急な長い階段を降り、第一の受付場所で一日ビザを申請し、五西ドイツマルクと五東ドイツマルクの等価交換をし、そのままぐるりと回った反対側の第二の受付場所まで進まされます。そこで一日ビザを交付してもらって、はじめて東ドイツ領になっている駅構内へ出ます。

東ベルリン側の構内へ出るところで、私たちは驚いて立ち止まりました。出口両側に二、三十人ほど並んだ人垣が出来ているのです。その人たちは自分の親類や、兄弟が検問を終わって出てくるのを、今か今かと首を長くして並んで待っているようなのです。その光景は、今まで見たことのない異様さを漂わせていました。その人垣の間を、私たちは急ぎ足で通り抜けて駅を後にしました。

旅行代理店は駅の近くにあり、すぐに見つかりました。そこで東ドイツの旅の計画書を提出、長いこと待たされた後やっと許可が下りて、六泊分の予約金百二十ドル全額を支払いました。ホテルをこれから手配するので「宿泊代金支払い書を持って、明日もう一度ここへ来るように」とのこと。

第一の目的は問題なく無事に済んで、私たちはホッとしました。

これで東ドイツの旅は予定通り運びます。若かった私は、これから訪ねる宗教改革者ルターゆかりの地へ、心を遊ばせていたに違いありません。

旅行代理店で旅の申し込みをするという目的を果たしても、まだ朝十時頃でしたから、地図を頼りに街を見学することにしました。

そこで思い出したのが、高校生のときの教頭先生が目をぎょろりとさせながら話してくれたウンター・デン・リンデン通りです。先生の説明通り、幅の広い真っすぐに街を貫く大通りです。この通りの西の先に堂々と立つブランデンブルク門があり、その向こうには無骨なコンクリートの高い壁、いわゆる「ベルリンの壁」が立ちはだかっています。無機質な色合いの壁で、手前には柵があり、柵の前には何人もの番兵＝人民警察官がものものしく警備していて、とても近づけません。「冷戦」という現実を実感した瞬間でした。

森田　急病になる

ブランデンブルク門の近くに本屋があり、私たちはそこへ入りました。お店に入ると間もなく森田が、「気分がよくないから店を出たい」と言い出して、外へ。

「気分が悪いのなら早く西ベルリンへ帰ろう」と私は言い、口数少なく二人でフリードリヒシュトラーセ駅へ向かいました。やっと駅へ着くと、「トイレへ行ってくるよ」と言って森田が駅構内階段下のトイレへ。

私は売店の傍で、西ベルリンから来る親、兄弟、親類を迎えて喜び、抱擁しあったり、涙したりする人々の光景を眺めながら森田を待ちました。ところが待っても、待ってもトイレから出てきません。

思い余って私はトイレへ降りて行きました。男子トイレへ入ろうとする私を、ちょうど出てきたドイツ人の背の高い男の人が、「女子トイレはあっち！」と指さしました。もちろん私が間違って男子トイレへ突入しようとしているとの判断からの声ですが、「夫がトイレに入ったまま出てこないので見に来たのです」とほとんど叫ぶようにして、男子トイレの並ぶ方へ入って行きました。

「どうしたの？　お腹が痛いの？」私はズラッと並んだ戸が閉じられた個室のどこに、森田が入っているのか分からなかったので、入口に立って日本語で叫びました。

「お腹が痛くて、ひどい下痢なんだ。今出て行くから上で待ってて……」と、奥の方のドアの中から弱々しい日本語が返ってきました。

「大丈夫？　ここにいることもできないから上へ行って待ってるわね」。私は階段を上ったところで、待ちました。が、森田は戻ってきません。私は気が気ではありません。構内の光景にも見飽きて、じっと階段下、トイレ方向を見続けました。どのくらいの時間が経ったでしょうか、やっと姿を現した森田は青ざめてふらふらしています。途中から私が助けて、やっと階段を登り切ったところで、へたり込み

「僕、もう歩けない」と言い出しました。

それを聞いて私がまず考えたことは、「この人を背負ってでも西ベルリンへ帰ろう、国交のない東ドイツで病気になったら困る」ということでした。森田は中肉中背、どちらかというと痩せていました。私はしゃがんで病人をおんぶしようとしました。しかし痩せているとはいえ、全身の力が抜けた男の人は想像以上に重く、私の力ではビクとも動きません。途方にくれました。駅構内は西ベルリンから入ってくる人々を迎える市民で、相変わらず混雑していました。再会を喜び、涙する人たちは誰も私たちへ関心を払ったりしません。誰に助けを求めたらいいのだろうか？　私は構内の売店（今でいうキオスク）のおばさんに目を付け、「困っているので助けて欲しい」と言ったのです。おばさんはニコリともせずに、「あそこに立っている警察官に頼めばいい」と教えてくれました。とても冷ややかな物言いだったのが不思議でした。外国人の若者が倒れているというのに、手を貸そうともしないとは、と私は少し驚きました。でも、私はおばさんが教えてくれた言葉に、そうか、そういう手があったかと思い至りました。両側に人垣が出来ている通路を警察官の方へ走って行きました。そして

「夫が病気になってしまったので、助けて欲しい」と頼んだのです。

それに対して警察官が言った言葉は思いがけないものでした。

「私はここに立っていることが仕事です」というのです。二度頼んだのですが、答えはまった

く前と同じでした。この言葉の冷たい響きは信じられませんでした。

ではどうしたらいいのだろう。西ドイツやスイスならある程度事情が分かっているけれど、社会主義国家の中ではどうしていいのか全く分かりません。こうしていたら病人は死んでしまう、と私は居たたまれない気持ちになりました。

「地獄に仏」とか、「捨てる神あれば　拾う神あり」と、よく言いますが、この言葉は本当です！　窮地に陥り、なすすべもなく困ったときでも、救いの手は必ず現れるものです！

駅構内の私たちがいる場所とほとんど反対側に、「手荷物一時預かり」のカウンターがありました。まだ、コインロッカーなどという便利なものが、世の中に普及していないころの話です。そのカウンターにいる中年の男性二、三人が、私を手招きしているのに気づきました。私は飛ぶように走って行きました。その人たちが「病人をここへ連れていらっしゃい」というのです。森田の腕を肩にかけて、引きずるようにしてそこまで連れて行きました。さすがに、それまで私たちに無関心だった大勢の人々が、奇異な目を注ぎだしたのに気が付きましたが、私は一生懸命でそんなこととまったく気にもしませんでした。病人を脇のドアから中へ入れてもらい、荷物を置く石の台の上へ寝させてもらいました。そこの係の人たちは、駅詰めの看護婦さんも呼び寄せてくれました。私はみんなに出来る限り詳しく事情を説明しました。

「今、救急車を呼んだからね」という声に、私は「ああ、良かった。これで何とかなる」とホッとしました。


程なく救急車が、けたたましいサイレンを鳴らしながら駅構内入口にやってきて、横づけに停まりました。白衣を着た大男（！）三人に軽々と森田は担架へ移され、救急車へ。私も一緒に乗せられ、再びサイレンの音を響かせながら、たくさんの人々の視線を浴びながら駅を後にしました。どこへ連れていかれるのかという不安はありましたが、その一方でとにかく病人を看てもらえるようだ、という安心感もありました。

どれくらい走ったでしょうか、広い敷地に建つ、比較的小ぎれいな病院へ到着しました。それもそのはず、すぐに分かったのですが、そこは政府の要人、軍関係の人たちが主に利用するというDAS KRANKENHAUS DER VOLKSPOLIZEI（東ドイツ人民警察病院）でした。それを知って、これで助けてもらえる、と安堵すると同時にとても嬉しかったです。

森田はすぐ一番奥の大きな処置室のような部屋へ担架で運ばれ、ベッドへ移されました。そこ

「東ドイツ人民警察病院」　奥の車の先に病室があった　撮影 2001.8

ですぐに治療がはじまると思ったのですが、なかなかそうはなりません。入ってきた四人の医師は皆、せいぜい四十代くらいで若かったです。四人で森田を問診したり、診察したり、それが済むと一人ずつ病人のパスポートを開いたり閉じたり。その後は隣の部屋に移って椅子に座り、腕組みして静かな口調で相談に移り、どこかへ電話をしたりして、一向に治療を始めようとしません。「病人がひどい頭痛を訴えている」と、何度医師たちへ私が訴えても腰を上げません。

早くなんとかして！　病人が死んでしまったら大変！　と思ってもどうしようもない、このもどかしさ！　けれども医師たちにとってはこれまた一大事だったのでしょう。人の命を救うことより、まず国家の取り決めを守らなければならなかったのです。自由主義圏からやってきた急病人がスパイではない、と言い切れません。患者の治療に当たる前に、正しい判断が彼らに求められたということでしょう。パスポートの検査、あちこちとの電話連絡、声を潜めての相談……。

四人の医師が立ち上がったのは、小一時間も過ぎてからでした。そのうちの一人の医師が私に「これから処置をするので隣の部屋で待ちなさい」と、半ば命令のように言いました。看護婦さんに案内されて、先ほどまで医師たちがいた隣の部屋へ移り、そこでぼんやりと座って、長い時間所在なく待ちました。ときどき隣の部屋から医療器具の触れ合う音が聞こえるほかは、まったく静寂でした。

四人の医師のうち、どの医師が積極的に病人の治療を主張してくれたのかしら……重病人をこのまま放りだすわけにはいかない、と判断したのかしら……

私はあれこれ考えながら、いつか遠い日本を思い出していました。

かなりの時間が経った後、四人の医師が入って来て、空いているソファへ皆腰掛けると、「応急処置は済みました。患者は足首を切開しましたから、しばらく歩けません」と説明がありました。そして次々と私に質問を浴びせてきました。

「どうして病気になったのか」
「どこで具合が悪くなったのか」
「今どこに住んでいるのか」
「スイスで何をしているのか」
「なぜ東ベルリンへ来たのか」

覚束ないドイツ語でひとまず説明をすると「一応手当はしましたが、病人が手術を必要とするか否かは、あと一時間ほど様子を見なければ分かりません。たとえ手術は必要ないとしても、足首を切開しましたから数日は動けません。四、五日入院が必要です。しかし、ここは東ベルリンです。あなたは今朝、一日ビザを取得して東ベルリンへ入りましたね。そのビザで、こちら（東ベルリン）に泊まることはできません。今夜二十四時までに、西ベルリンへ戻りなさい」、と告げられました。もう午後二時を回っていたと思います。

えっ、一人で西ベルリンへ戻る？　そんな無茶な！　一人で行動できるのかしら？

そう思いながらも気持ちが次第に落ち着き、ではどうしたらいいのか、と考えだしました。まず、こんな状況では明日から旅に出ることは不可能ではないか、とすると今朝行った旅行代理店へ出向き、朝申し込んだ東ドイツ旅行をキャンセルし、代金を返してもらおう。それは病人の様子を見る一時間の間にできそうだから、急いで行ってこようと考えました。

次に、西ベルリンへ戻ってホテルを見つけること。土地勘がないのだから、それにはあまり夜遅くならない方がいいだろう……。


私は隣室の、足首を切開され、そこから点滴を入れられていて、ほとんど身動きのできない森田のところへ行きました。割れるように頭が痛いと訴えていましたが、それが治まって少し元気な声になっていました。医師から説明を受けたことを伝え、ともかく旅行代理店へ行って東ドイツ国内旅行申請を取り消し、もう一度来ると伝えて病院を出ました。

来るときは救急車に乗ってきた病院、どうやってフリードリヒシュトラーセ駅へ戻ったらいいのか。病院前の道路にバス停がありました。程なく走ってきたバスの運転手に、「フリードリヒシュトラーセ駅へ行くか」と確認して乗車。駅の手前のバス停で降り、旅行代理店へ向かいました。途中、瓦礫の山が立ちはだかりましたが、そこを突っ切ると近道だと判断して進んで行くと、警察官が銃を捧げて見張りをしていました。警察官は「どこへ行くのか」と聞いてきましたが、正直に理由を説明しますと、すんなり通してくれました。

Honesty is the best policy.（正直は最善の策）これが一番いいと思ったのです。

旅行代理店では朝予約のときの女子事務員が出てきましたから、話は通じやすかったです。夫が急病になったので、明日から東ドイツ旅行には出かけられなくなった、予約を取り消したい、と説明しました。事務員はちょっと驚いたようでしたが、私の説明を疑うわけでもなく、奥へ入って行きました。再び出てきて、「残念だけれど旅行は全部解約しますね。これが朝受け取った申込金です」と、支払ったお金を全額返してくれました。私はホッとしながら、丁寧にお礼を言ってそこを出ました。

病院へ戻ると医師たちから「手術の必要はないようだ。あなたは西ベルリンへ急いで戻りなさい」と、再度言い渡されました。病室の森田を見に行くと、処置をしてもらって安心し、痛みも遠のいたのでしょうか、気持ちよさそうに眠っています。病室を静かに出て、ともかく西ベルリンへ戻ってホテルを探そう、と駅へ急ぎました。

半日前に森田がうずくまってしまって途方に暮れたフリードリヒシュトラーセ駅構内は、東ベルリンへ入るときの専用入口です。東ベルリンから西ベルリンへ戻る時の出口は、駅建物反対側にありました。来るときは森田と一緒でしたから、心強かったですが、今度は一人で対応しなければなりません。一日ビザを返し、パスポートを見せ、そのほか荷物検査と、いくつかの検問を通ってホームへの長い階段を上って、西ベルリン行電車を待ちました。

だいたい私は末っ子育ち、子どものときは何をするのも兄姉にくっついて行動していればよかったですし、結婚してからは常に夫がそばにいる生活でしたから、一人で何かを処理するとか、決定するなど、あまりしたことがありません。その上、日本でならともかく、日本と国交のない異国で、自分一人で行動しなければならなくなったのですから、心細いことこの上ありません。

西ベルリン・ツォー駅へ戻って、駅の案内所で貰ったパンフレットから、あまり安宿ではなさそうなホテルを選んで電話をし、タクシーで乗り付けました。はじめての街で、一人でタクシーを利用するなど、自分ながらよくできたと思います。

ホテルはまずまずのところで一安心でした。シャワーを浴びて落ち着いてから、スイス政府奨学金事務局のオランダ人女性ケルクホーヘン夫人へ手紙を書こう、と思い付きました。その文面はおよそ次頁のようなものです。

この手紙を、ホテルの便箋に書き、封筒に入れてからベッドへ入りました。眠ろうとしてもな

Sehr geehrte Frau Kerkhoven

Es tut mir sehr, sehr leid, daß ich Ihnen solchen Brief schreiben muß. Aber ich muß Ihnen jetzt sicher mitteilen.

Mein Mann studiert Luthers Reformationsgeschichte. Er möchte einige Städte besuchen, wo dichte Beziehungen mit Reformation in Ostdeutschland haben.

（中略）

Heute morgen früh sind wir in West-Berlin angekommen. Wir sind sofort nach Ost-Berlin gereist......

Mein Mann hat plötzlich Bauchschmerzen auf der Straße in Ost-Berlin gehabt, und er ist ins Krankenhaus der Volkspolizei gebracht worden.

（中略）

Die Ärzte haben mir gesagt, daß mein Mann noch ein paar Tage im Spital bleiben muß. Aber ich darf nicht in Ost-Berlin bleiben, sondern ich muß im Hotel in West-Berlin bleiben und jeden Tag Ost-Berlin besuchen .

訳文：

ケルクホーヘン様

前文省略

このようなお手紙をお送りしなければならないのは，まことに残念です。けれども，私は今貴台に急ぎお伝えしなければなりません。

私の夫はルターの宗教改革史を勉強しています。彼は東ドイツの宗教改革とかかわりのある諸都市を訪ねたいと思っていました。（中略）

本日早朝，私たちは西ベルリンに到着しました。私たちはすぐに東ベルリンへ入国しました。（中略）

東ベルリンで，夫は突然腹痛を起こし，東ドイツ人民警察病院へ入院しました。

医師たちから夫はあと数日入院の必要がある，との説明を受けました。けれども，私は東ベルリンに滞在できません。私は西ベルリンのホテルに泊まり，毎日東ベルリンへ行かなければなりません。（以下略）

かなか寝付けなかったのですが、来る時の車中でほとんど寝ていませんでしたから、程なく眠りに付いたはずです。

とてもとても長い一日でした。

入院二日目「森田氏」に会う

どこまでお話をしたでしょうか。そうそう、見知らぬ西ベルリンの街で、一人でホテルを探したことと、夜にスイスの奨学金事務局のケルクホーヘン夫人へ手紙を書いた……というところまででした。

翌朝フロントへ行って、受付の女の人に「これは私が書いた手紙です。すみませんが、ドイツ語の間違っているところを直してください」と頼みました。その人は気持ちよく応じてくれ、手紙を読んで「あらっ」とか「まあ！」とか文面に驚きながら、いくつかの文法の間違いを直してくれました。その手紙をスイスへ送りたい、投函して欲しいと頼んでホテルを出ました。

ともかく東ベルリンへ行って森田の様子を確かめようと、フリードリヒシュトラーセ駅へ出て、昨日と同じように物々しい検問所を通って東ベルリンへ入りました。その日は日曜日のせいか駅構内は昨日よりたくさんの人で溢れ、混雑していました。私は真っすぐに、手荷物一時預かりのおじさんたちのところへ向かいました。「昨日はありがとうございました。おかげさまで主人は入院することができました。これから病院へ行くところです」、と説明しました。不思議なことに彼らは昨日のようには愛想よくもないし、なにも質問もせず「あ、そう」という感じで、どこかぶっきらぼうな、これ以上関わりたくないという態度でした。

昨日帰る時に、病院へ行くバスの停留所を確かめておきましたから、そこへ行ってバスの来るのをしばらく待ちました。バスはうら淋しい道路を通って、見覚えのある病院前の停留所に到着しました。病院の門を入ろうとしたとき門番に誰何されましたが、昨日入院した夫の見舞いに来たと説明しますと、受話器を取ってどこかへ連絡を取り、中へ入れてくれました。急ぎ足で表玄関から病院内へ入り、真っすぐに森田が昨日処置をしてもらった病室へ向かいました。

昨日森田が収容された「処置室」と書いてある部屋をノックすると「どうぞ」という看護婦さ

んの声。

ドアを開けて目に飛び込んできたのは空のベッド。

森田がベッドの上にいません！　このときほど驚いたこともありません。

「夫はどこへ行ったのですか！」と私は悲鳴に近い声で叫びました。

ふと振り返ると一人の日本人らしい男性が落ち着き払って、壁を背にして椅子に座っていました。この人はなんだろう、私は咄嗟に
「日本人の方ですか。私は森田と申します。昨日、夫が腹痛を起こして救急車でここへ運び込まれて、処置してもらいました。その夫が居ません、どうしてでしょうか？」と一気に話しました。

その男の人は静かな声で
「私も森田です」と言ったのです。

ええっ……！

私の頭の中は？？？でいっぱいになりました。まさか！　でも「森田さん」だろうが何だろうが、私はこの人とは何の関係もないのです！　という思いが先立ち、看護婦さんに「この人は私の夫ではありません！　私の夫は病人です。どこへ行ったのですか！」と詰問しました。看護婦

さんは、やおら私を連れてその部屋を出ました。

いくつかの角を曲がりながら長い通路を通って別棟に入りました。奥の方の病室に着くと、ドアをノックしてから看護婦さんは私を中へ入れてくれました。

森田は無事にそこにいました！　昨日別れたときのように足首の切開したところから点滴をしていましたが顔色もよくなって、元気そうです。彼は昨夕病室を移ったことなどを詳しく話してくれました。私は私で昨日病院を出てから、今「森田さん」に会ったことまで、逐一話しました。なぜ「森田さん」が現れたのか、私たちには理解できませんでした。「プロフェッサー　モリタ」と、看護婦さんに呼ばれていましたから、ベルリン大学の教授なのかもしれません。「森田」という姓はそれほど珍しくはありませんから、偶然の一致だったのでしょうか、それとも、なにか私たちを試そうとしたのでしょうか――東ベルリン人民警察の命令があったのでしょうか、分かりません。

「今日は昨日と違う医者がきたよ。若い医者だったから、ミュンツァー（ドイツ農民戦争の指導者）を勉強していると言って、少し話したよ。ミュンツァーは東ドイツでは尊敬されているからね」

「看護は至れり尽くせり、こちらがこうして欲しいと思うことを、言わなくてもちゃんとしてくれるんだ」

「食事も日本人だということで、特別お米を料理してくれたんだけれど、固くて美味しくないんだ。お腹が悪いと言っているのに、あんな不消化なものを食べさせるなんて、矛盾しているね。でもほかの料理はまずまずの味付けなのさ」

「ところでね、この病院はね、国家の高官と、警察官、軍隊のための病院らしい。そんな病院へ僕が担ぎ込まれたから困ってしまったらしいね。他の病院へ移すか、強引に退院させるか、相談しているみたいだよ」

「僕は足首を切開してしまったから、当分歩けそうもないね」

「君は病院へ来ていてもしょうがないから、一人でベルリン観光をしたらどうだい」

普段はあまり多弁ではない人がいろいろと話すのが、かえって痛ましかったです。


私がベッドの傍らで過ごしている間、一人の看護婦さんがずっと部屋にいて、私たちを見守っていました。そして帰る際トイレに寄りますと、その看護婦さんがまた影のように付いてくるのです。何か疑っているのか、見張っているのか、鈍感な私にも伝わってきます。

トイレを出てから、待っていた看護婦さんに「入院治療費はどのくらいかかりますか」と聞きました。西ドイツでは医療費は目が飛び出るほど高いと聞いていました。東ドイツではどうなのか見当が付きません。すると看護婦さんが

「この国では医療費は全部無料ですよ」と言うのです。

「えっ、本当ですか。ありがとうございます！」

私はホッとしました。やはり社会主義の国はそういうところが違うのね、と感心もしました。そういえば、大学生のときに『社会主義とはどういう現実か』や、『社会主義入門』などという本を読んで、十分に分からないながらも社会主義が理想通り行われれば、なんてすばらしいことだろう、と思ったものです。

三日目　医長先生に怒鳴られて……

ここ数日の疲れが出たのでしょうか、朝まで泥のように眠りました。

前日と同じように身支度を整えてホテルを出発。月曜日でフリードリヒシュトラーセ駅検問所は比較的すいています。いつものように手続きをすると、係官から「なぜ毎日東ベルリンへ来る

のか」、と聞かれました。見ている限り、ここを通過する人はみんな無言のうちに手続きをすませて、係官から質問など受ける人はいません。なんとかして分かってもらわなくては、と思って「主人が病気で東ベルリン人民警察病院に入院しているから、お見舞いに行くのです」、と正直に答えますと
「あの病院は完全看護だから、毎日行かなくてもいいはずだ」などと言います。そういいながら、一日ビザを渡してくれました。注意、注意と自分に言い聞かせました。

バスに乗って病院へ。病室で森田とおしゃべりをしてほとんど一日過ごしました。夕方五時ごろ、歳を取った婦長らしき看護婦さんと一緒に、白衣をまとった背の高い、見るからに立派な風貌のドイツ人男性が荒々しく入ってきました。立ち上がって挨拶をしようとするのを遮って、突然大変な勢いで、顔を真っ赤にして怒鳴りだしました。

まず「自分は内科病棟の医長」だと名乗り、

「どうして君たちはここへ来たのか? 誰の許可を得てここへ入ったのか? ここは国の重要な施設だから、君たちのようなものは入ってはいけない。あなた（私のこと）はどうして病室に入ったのだ。病院内へ絶対に入ってはいけない。明日からそこの窓辺で話しなさい」

そう言って指さしたのは草が生い茂っている窓外、窓には鉄格子が嵌められていました。口か

ら泡を飛ばし、真っ赤になって両手を握りこぶしにして怒鳴るさまは、さながら映画を観ているようでした。

それまで生きてきて、叱られたことはたくさんあります。けれども、目の前の医師が怒鳴る姿は「君たちのことは断固許さない」、という思いにあふれていました。早口でしゃべるドイツ語はほとんど理解出来ませんが、この人にとってとても困ったことになったのだろう、という思いは伝わってきました。この医長が冷酷残忍な人だから怒鳴ったのではないのです。滞在許可証を持たない、西側からの一旅行者が、駅で倒れて担ぎ込まれてきた。このことは、東ベルリン当局にとってかなり処理が難しかったのでしょう。こちらがどの程度理解したか否かも関知せず、怒鳴るだけ怒鳴ると、医長は病室を出て行きました。

彼にとっては、何ともついていない月曜日だったはずです。

私にとっては、人に叱られた嫌な思いが後に残りました。

その日はそのまま西ベルリンへ戻りました。

その日を境にして心持、検問所での私に対する扱いが厳しくなった気がしました。どんな扱いを受けようと、黙って検問官の言うとおりにするしかありませんでしたけれど。

夜、ホテルフロントから「スイスから電話」と言う連絡を受けました。驚いて出てみるとスイス政府奨学金事務局のケルクホーヘン夫人の声。一昨日出した手紙を読んでの電話だとのことでした。

「よくお手紙を書くことを思いついてくれましたね」と言ってから、とても心配そうに、けれども申し訳なさそうに

「お金を十分に持っていますか……」との問い。

「はい、東ドイツを旅行するつもりで、少し余裕を持ってお金を持ってきましたから、多分足りると思います」と私。

ケルクホーヘン夫人はホッとされたらしく、「よく気を付けて過ごすようにね……」と優しく声を掛けてくれて、電話は切れました。今はスイス政府の保護下にいるのだとそのとき改めて思いました。この出来事を故郷の日本では誰も知らないのです。もし知ったとしたら、きっと驚くだろうに、とも束の間思いました。

鉄格子越しの面会

昨日のことがありましたから、こわごわ病院へ向かいました。病院へ行っても、今日からは表玄関から病院の中へは入れません。医長先生に命じられたように、建物の横にある空き地へ入って行きました。しばらく歩いていくと、他の病室の窓はみな閉まっている中で、森田の病室の窓だけは開いていました。もちろん森田は鉄格子の向こうのベッド上にいて動けませんから、きっと看護婦さんが窓を開けておいてくれたのでしょう。病人は少しずつ口数も多くなり、元気になっているのが分かります。鉄格子越しに話すのはなんとも妙な感じですが、森田をこの目で確かめ、様子を聞き、自分自身の昨日からの行動を話したりしました。こんな状態でここに長く立っていてもしようがないと思いだし、病人が良くなるまで覚悟を決めて待とうと思い定め、ほんの二十分程度の面会で帰途に就きました。

東ベルリンの老婦人たち

帰りのバス停で老婦人に出会いました。私がバスに乗るのに小銭がないので困っているのに気が付いて、

「お金を細かくしてあげますよ」、と声を掛けてきました。私は素直に一東ドイツマルクを渡して、一〇ペニヒ貨十枚（!）にして貰いました、いえ、して貰ったつもりです。彼女から渡されたお金を数えてみますと、何度数えても受け取ったペニヒ貨は九枚しかありません。ああ、この人は私を誤魔化しているなぁ、と思いながらも、何も言いませんでした。着古した洋服を見ると、どう見ても豊かに生きているとはいえない風体でしたから。彼女はなおのこと私に近寄り、左右を見て周りに人がいないのを確かめながら、愚痴を言い出しました。

「西ベルリンから来たの？　あちら（西ベルリン）はいいでしょう？　こちら（東ベルリン）では何もいいことなんかないのよ。野菜も果物も洋服も品質が悪くて高いのよ。ストッキングなんか、あちらの二倍はするからね」。

「ああ、息子たちに会いたいわ。子どもたちはみんなあちらに住んでいるのよ。もう四年も会

っていないの。七十歳になると皆、あちらへ行けることになっているのよ。もうすぐ私も七十歳になるの。人は年を取るのは嫌なものだと言うけれど、今の私は早く七十歳になりたい。そしてあちらへ行ってみたい」。

ほとんど空っぽのバスが来て、私たちは乗車しました。座席に座って私はこの老婦人のことをずっと考えていました。外国人だから一〇ペニヒくらい誤魔化しても分からないだろうと思ったに違いない。この人はわずか一〇ペニヒでも欲しいのではないか。東ベルリンでの生活は豊かではないのでしょう。そのくらいのお金、誤魔化さなくとも上げますよ！　という思いでした。

西ベルリンへ戻ってダーレム美術館へ行きました。大きな館内に、見学者はほんの数人、西ヨーロッパの観光地の美術館では考えられません。デューラーの版画、ホルバインやクラナハの絵を見て楽しみながらいくつかの部屋を通り抜けて行ったところで、一人のドイツ婦人に遭遇しました。彼女は人影が恋しかったのでしょうか、私を待っていたかのように話しかけてきました。

「どちらからいらしたの？　日本から？　まあ、遠いところからなのね。えっ、今はスイスに住んでいらっしゃるの？　スイスって、夢のように美しい国なのですってね。いいですねぇ」。

「私は東ベルリンに住んでいるのよ。あちら（東ベルリン）に住んでいる人は満七十歳のお誕生日を迎えるとこちら（西ベルリン）へ四週間来られることになっているのよ。私も先月お誕生日を迎えてこちらへ遊びに来たの。今は友人の家に泊まって、懐かしいベルリンをあちこち訪ね歩いています。あちらと違って、こちらは戦後の復興が早かったようですわ。とても街がきれい！夜の街が素敵！」

「この美術館の絵の中には、もとはあちらにあったものが多いのよ。戦時中、こちらの倉庫に保管しておいたので、戦後そのままこちらに残ってしまったのでしょうね。あちらにはその複製画があるのね、でも今こうして本物を見ると元の絵とは色合いが明るすぎたり、暗すぎたりで、少しずつ違います」。

婦人は語りつつ、目の前の絵を懐かしそうな眼付きで眺めるのでした。

この婦人は東ベルリンのバス停で出会った婦人よりも身なり、持ち物とも裕福そうでした。この人たちはある日突然街の中央に作られた分断の壁によって、東西の行き来が出来なくなったのでしょう。同じベルリン市内に住んでいてもこの壁によって親子、親類、友人とも隔てられたのです。以前は親しく訪れていた美術館へ、分断の日から来られなくなったということでしょう。婦人が絵画を嬉しそうに楽しむ姿を見て、ああ楽しい日を迎えられてよかった、と思いました。

別れ際、私は「主人が東ベルリンで急病になり、東ベルリン人民警察病院に入院しています。私はこちらのホテルに泊まって、毎日あちらへ見舞いに行っています」と説明しますと、「あら、それはご心配ですこと。でもご安心ください。あちらでは医療は無料ですから。人民警察病院はとてもいい病院ですから大丈夫ですよ。それにしましてもご災難でしたね。無事に退院できますように」と、優しい言葉を掛けてくれました。

入院六日目　退院と出国検問所での最後の検問

日を重ねるにつれ行動も慣れて、朝一番に病院へ行くのを控えるようになりました。一人で少し西ベルリンの街を見物して歩こう、と決めました。

まず、ナチスの時代一九三六年、第十一回オリンピック・ベルリン大会が開催されたメインスタジアムを見学に行きました。小学生のとき学習雑誌で「西田修平と大江季雄の友情のメダル」の話を読みました。そのスタジアムを一度訪れてみよう。Ｓバーンに乗って行ってみると、スタジアムはなんだかうら淋しいところにあり、自由に入ることが出来ましたが広いグラウンドは荒れ果て、草が自由気ままに生い茂っていますし、コンクリートの割れ目からは夏草が遠慮なく出ています。あまりに人影がないので怖くなりましたし、スタジアムは青空の下で淋しげでしたから、早々に引き上げることにしました。ふっと頭の中を

「夏草や　兵共が　夢のあと」

という句が過りました。

西ベルリンの街は、車がたくさん走り、人が行きかい、中心となるクーアフュルステンダムの商店街はにぎやかです。ショーウインドウには美しくて、贅沢な商品が飾ってあります。西ベルリンといえども、西ヨーロッパの街とさして変わりはありません。カイザー・ウィルヘルム教会の焼け落ちた塔以外に、戦争の爪痕はあまり見られません。

西ベルリンの街と東ベルリンの街を比べると、私の目にはどこか大きな差があると感じました。東ベルリンではそんなに自家用車は走っていませんし、人々の服装もとても地味です。お店の商品の質もそれほどいいようには見えません。ドイツ帝国時代中心地であったところに足を運んでも、荒涼とした広場に依然として爆撃後の瓦礫の山があったりします。古い建物の壁はいたるところ穴だらけ、傷だらけですさまじかった戦いを想像させます。戦後四半世紀経っているのに、

戦争はほんの少し前に終わったような印象を抱きます。

午後二時ごろに病院到着。やっと元気になりだした病人が「明日退院できるようだ」と大喜び。

「駅でタクシーを捕まえて、二時頃に病院へ迎えに来てもらいなさいと言われたよ」

「分かったわ。入院費もその時払うのね」と私。

「うん。お金は持っている分で足りると思うよ」と心強い説明。

そうこうするうちに、くだんの怖い医長が二人の若い医師を従えて入ってきました。その姿を見て一瞬私は緊張しましたが、鉄格子の外の私を見つけると意外にも穏やかに話しかけてきました。

「なぜベルリンへ来たのか」と私たちに。

「スイスではどんな生活をしているのか」と私たちに。

「奨学金はどのぐらいの額が支給されるのか」と森田に。

「フリードリヒシュトラーセ駅ではスムーズに通過できたか」と私に。

「毎日どう過ごしているのか」と私に。

私たちは正直に答えました。答えに納得した医長は「北ベトナムや北朝鮮から来た人ならば、もちろん医療費も入院費も無料です。あなたは資本主義の国から来ていますから費用を払ってもらいます。退院は明日の午後、フリードリヒシュトラーセ駅から出ること、いいですね」と念を押しました。

翌日六日目が退院日。朝早く目覚めて、今日は何としても病人を無事にホテルへ連れ帰ろう、と一人で気負う。

「午後二時にタクシーで迎えに来るように」、と言われていたので、いつもの通り検問所を通って、駅横に待つ一台のタクシーに「人民警察病院へ行ってください」と頼みました。初老の運転手は「そこを知らない人はいないよ」、と言って走り出しました。運転手がそんな風に表現する病院だったのです。

病院表門の守衛に「二時にタクシーで迎えに来るようにと言われている」と言いますと、すでに連絡は交わされていたらしく、タクシーに乗ったまま敷地内へ入らせてくれました。そのまま表玄関へ近づくと、数日前に駅で倒れたときの洋服を着て椅子に腰かけ、医師と看護婦と談笑している森田の姿がありました。とても和やかな雰囲気なのが嬉しかったです。入院費用は一三〇スイスフラン、これが高いのか、安いのかは分からなかったです。言われたままに支払い、丁寧にお礼を言ってからタクシーに乗り、フリードリヒシュトラーセ駅出国検問所へ向かいました。足の切開したところにまだ固く包帯が巻いてあって歩くのが不自由な森田も、ともかく自分の足で国境を越えなければなりません。

私たちがフリードリヒシュトラーセ駅から西ベルリンへ向かうことは、すでに病院から検問所に連絡が入っていました。

第一の検問で森田が、病院側が書いてくれた証明書を示して説明しました。一日滞在ビザで一週間近くも東ベルリンの病院に入っていたのですから、ことは簡単に済むはずもなかったのです。病院が、入院していたという証明書を出してくれたのでしょう。警察官はその証明書を持って事務所に入ったまま、なかなか出てきません。二十分ほど待たされたでしょうか、やっと「行ってよい」と許可が下りました。

第二の検問ではパスポートを見せるとすぐ森田へはオーケーが出て、傍らの椅子へ座って待つようにと言われました。ついで私の番になりますと、「こちらへ来い」といいます。警察官の後を衝立の向こうへついて行きました。

持ち物をテーブルに置くと、警察官が中のものを全部出して、一つずつ改めだしました。私のパスポートを入念に調べ、ハンカチ、カメラ、その他ありとあらゆるものをよく改め、小さな手帳を手に取ったときはぺらぺらとページを繰って、ところどころに日本語で書いてある内容を私に説明させます。私の手帳に書いてあることに、何の意味がありましょうか。何時にどこを出発するとか、どこで何を買ったとか、本当に意味もないメモです。私は出来る限り正直に説明しました。お財布の中も紙幣を数え上げ、最後に「連れの人はあなたの主人なのか」との質問。万一疑われたりしたら大変ですから、怖かったですがじっと耐えました。時間にしてわずか数分だったのでしょうけれど、尋問はずいぶん長く感じられました。「よろしい」と言われて、慌てて机に放り出されたものをまた鞄に詰めて、森田の待つところへ戻りました。

これでやっと西ベルリンへ戻れます！

森田に肩を貸しながら、歩き出し、薄暗い通路をぐるりと回っていくと、いつものように目の前にそびえるような長い階段が現れました。この階段をゆっくりと、一段ずつ確かめながらホームへ向かって、いえ、スイスへ向かって登って行きました。

ホームには明るい夏の日がこぼれていました。

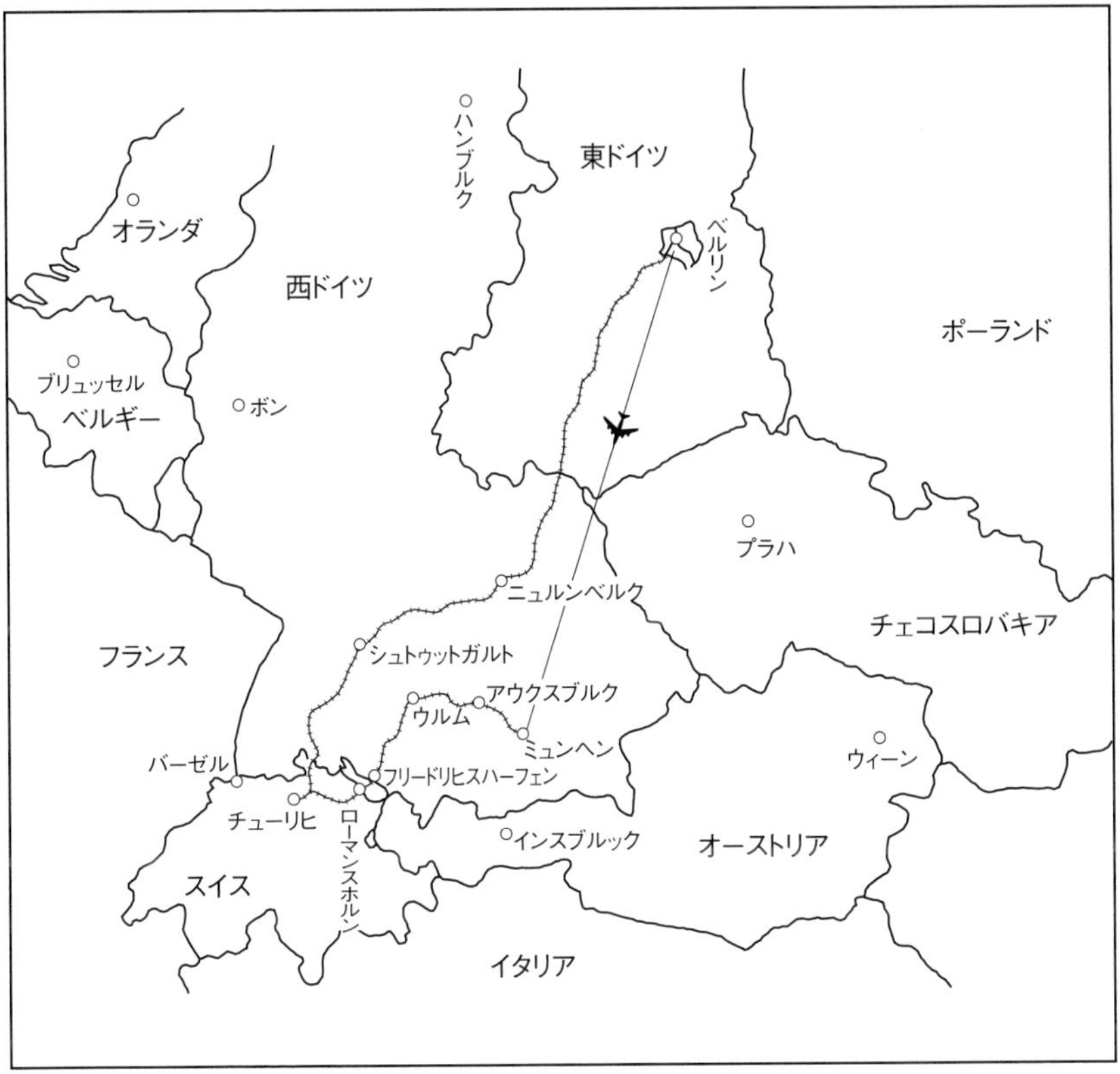
ハンブルク
東ドイツ
オランダ
ベルリン
西ドイツ
ポーランド
ブリュッセル
ボン
ベルギー
プラハ
ニュルンベルク
チェコスロバキア
フランス
シュトゥットガルト
アウクスブルク
ウルム
ミュンヘン
ウィーン
バーゼル
フリードリヒスハーフェン
チューリヒ
ローマンスホルン
インスブルック
オーストリア
スイス
イタリア

ドイツ・ベルリンの地図

……そしてその後

以上でベルリンでの私の話は終わります。

いかがでしたでしょうか。バカな話だと思う人もいるでしょう、驚いた人もいるでしょう。感想は人それぞれだと思います。ただ、誰もが皆「人は時として思わぬことに出会うものだ」と思ったのではないでしょうか。

また、このように考える人もいるでしょう。このベルリンの体験のような話は冷戦下の国境ではよく起きていた、と。そういった出来事は、波間に漂う枯葉がいつか海に沈んでしまうように、時間が経つにつれて忘れ去られてしまったのだ、と。

でも、世界中どこにももうこういう困ったことは起きていないと、誰が断言できるでしょうか。実際いまだに世界のあちこちに、きな臭い争いがあり、分断が起き、国境問題でも険悪な雲行きのところはたくさんあります。人はいつの時代においても木の葉のように、そのときの政治体制の中で風に吹かれるまま、当てもなくさまよっているように思います。

さて、私たちがその後どうしたのかも少しお話ししましょう。

どのようにして西ベルリンからスイスへ帰ったか

それが結構大変でした。切開された森田の足首は固く包帯が巻かれていて自由に歩けません。痛みもあるため、二日ほど西ベルリンのホテルで休養を取りました。森田がホテルで休んでいる間に、スイスへ出来る限り簡単に戻りたいという考えから、私は西ドイツ・ミュンヘン空港までの飛行機のチケットを買いに行ったり、テンペルホーフ空港へのアクセスを調べたりしました。

ベルリンからミュンヘンまで飛行機利用、これはほんの一時間ほどのフライト。ミュンヘン空港から市街地まではバスで移動。ミュンヘン中央駅から列車に乗ってボーデン湖岸の街フリードリヒスハーフェンへ、これは約三時間の旅。そこからボーデン湖を船で渡りスイス領土のローマンスホルンへ。ローマンスホルンから列車でチューリヒへ。こうして無事にディーティコンの学生会館へ戻ることが出来ました！

フリードリヒスハーフェンの鉄道駅から船着き場までは、結構な距離がありました。船への乗換時間がわずかしかない中、森田は片足を引きずって歩くのですから私は気をもみました。先に船着き場へ行って船の係員に「もう一人来るから」と説明して、もう一度迎えに行ったりしました。幸い船の出航にぎりぎり間に合って、事なきを得ました。

スイス国内での行動はすでに慣れていましたから、問題はありませんでした。

足首の傷はその後どうなったか

学生会館の自室へ到着して、森田がまず初めにしたことは何だったでしょうか。足首の固く巻いてある包帯をこわごわ解くことでした。解いてみると傷口は生々しく、応急処置で切開したところを、急ぎ縫い合わせたタコ糸のような太い糸が血染めのまま肌に貼りついていました。それはこの数日間の体験が、夢ではなかったことを物語っていました。

この傷口の処置は、ケルクホーヘン夫人が紹介してくれたチューリヒの医師に治療してもらいました。この医師は「東ドイツの医療処置技術を、ほんの少し垣間見られた」、と言っていました。そして、傷口は病人がまだ若かったですから、数日のうちに回復しました。けれどもこの傷口は消え去ることはなく、半世紀後の今もうっすらと残っています。

急病になった原因は何だったのでしょうか

私たちがニュルンベルクで真夜中に再会した後、森田は空腹に耐えかねておにぎりを食べました。そのおにぎりは早朝チューリヒの宿舎で私が握ったもので、暑い日中に長時間持ち歩くうち傷んでしまったのでしょう。イタリア米でしたが、あまり農薬など使用しない時代のこと、傷みやすかったのだと思います。一方、森田は一日中動き回って疲れていました。いろいろと不運が重なって下痢を起こし、脱水症状になったと思われます。

そのとき、私はおにぎりを食べませんでした。すでにお話ししましたように大金を失くして、食欲がなかったのです。その結果私は腹痛も起こさなかったわけです。ここで私もおにぎりを食べていて腹痛を起こしていたら、話は全く別の展開になったでしょう。

話は全く別、というのであれば、もし予定通り知人と旅に出ていたら、どういうことになったのでしょうか。知人に迷惑を掛けなくてよかったとも思いますし、私と一緒の旅ではなかったら、ニュルンベルクの駅で夜汽車へ乗車する前に、知人と腹ごしらえをしたかもしれませんから、腹痛は起こさなかったのではないかしらと、あくまで仮定の話です。

なぜケルクホーヘン夫人が「よく手紙を書くことを思いついてくれましたね」と言ったのでしょうか

スイス到着翌日、ケルクホーヘン夫人に報告に行った時も、彼女が電話のときの言葉「よく手紙を書くことを思いついてくれましたね」と言いました。後に分かったことですが、当時東ドイツへ入って行方不明になったりする人が、ヨーロッパでは発生していたため、万一そうなったりしたときの手がかりとして、手紙などは重要な役目を果たしていたとのことでした。手紙を書いた私はそのようなこととは知らず、単に「この重大事を知らせなくては」、という思いだけでしたけれども。

後々、北朝鮮拉致事件などの話を聞くうち、私たちも行方不明になったりすることがあってもおかしくはなかった、と思いました。

私はドイツ語が理解できたのでしょうか

約二年スイスに滞在していたとはいえ、かの地ではドイツ語はドイツ語でも日常はスイスドイツ語が使われていて、ドイツ語の訓練にはなりません。ただ、学生会館に暮らしていましたから、そこでドイツからの女子留学生ウルリケと友だちになって交流を深める中で、自然にドイツ語が身についたようです。そして帰国するころには、なんとか日常生活には困らない程度の力が付いていて、この出来事を切り抜けられたのだと思います。これが、スイスへ行った当座でしたら、ドイツ語がほとんど分からなかったですから、もっと困り果てたと思います。

ドイツ語が不自由ということでは、忘れられない笑い話があります。

後日、街で偶然出会ったトルコからの留学生が私に、「ご主人が死んでしまったと聞いたけれど、大変ですね、お気の毒に」、と声を掛けてきました。お互いドイツ語が完ぺきではない留学生同士、人から人へと噂が伝わるうちに、森田は「死んだ」ことにされていたのでした！

失くした一、〇〇〇スイスフラン札の話はどうなったのでしょうか

そう、これも一筆しなければなりませんね。

私が「一、〇〇〇スイスフラン札を失くした」と正直に伝えたことは書きました。それを聞いても、森田は疲れているうえに夜汽車の中、眠いのが先に立ってあれこれ言う暇がなかったのでしょう。翌朝からは、東ドイツへ入るために緊張の連続でしたし、程なく急病になって入院してしまいましたから、お金のことなど考える暇がなかったのだと思います。

そう思いますと、森田の病気は私にはラッキーに作用してくれたのでしょう。結局無くなってしまったお金については、何も文句を言われないまま今日に至っています。

ベルリンで重病になるという思わぬことに遭遇して、そのために慣れない土地で頑張った私を責める気もしなくなった、とも言えるかもしれません。

ベルリンの壁が崩壊して

一九七〇年八月、ベルリンでの出来事があった一か月後、私たちは日本へ帰国しました。世界の事情、状況なども ある程度理解していた実家の父に、東ベルリンでの冒険話をしたとき「よく命を落とさずに帰ってきたね」、と驚かれました。そう言われたとき、やっぱりかなり危険なことを体験してきたのだ、と思ったものです。

ところが、身の回りの友人に話しても十分理解は得られませんでした。

一九七〇年代、ヨーロッパは一般の日本人にとってはまだまだ遠い地で、かの地の情報も少なく、東ドイツ、西ドイツと言っても、またその二国の関係性についても、正確に把握している日本人はごく限られていたように思います。従ってこの特異な体験も二、三人の友人、知人たちを除いて、それ以外の人々には十分理解されることもなかった気がします。

そして、その後は子育て、数度に及ぶ引っ越し生活の中で、この苦い経験は記憶の中に埋没し、ごくまれにふっと思い出すことはありましたが、改めて人に話す機会もなく年月は過ぎて行きました。

この体験が再びまざまざと思い出されたのは一九八九年十一月、ベルリンの壁が崩れたときです。壁の上に東西の若者が立って、ハンマーを振り下ろして壁を壊そうとしているテレビ映像を見て驚きました。あの壁の前でどうしていいのかわからず、途方に暮れた経験を持つ私にとって、東西ベルリンを隔てる壁が取り壊され、東西ドイツが統一されることなどありえないことだと思っていました。壁は永遠に厳然と存在し、ドイツ国民はずっと分断されたまま生きて行くのだろう、と慄きながら考えていたのです。

歴史は常に動いて行くのです……。

一九八〇年代後半から、ソ連のゴルバチョフがペレストロイカ、グラスノスチを導入し、これまでの政治体制を大きく変えて行こうとする時代を迎えました。東ドイツはあくまでソ連の向かう方向に抵抗を示していましたが、上層部の政治を動かす人たちを尻目に、一九八九年劇的変化への社会エネルギーが、若者たちの手も借りて、ベルリンの壁をもろくも壊してしまいました。それはまったく「あっけない」幕切れでした。

こうしてここからまた、私のベルリンでの経験も新しい局面を迎えました。東壁が崩れ落ちてから、東ドイツがどういう国であったかが少しずつ露わになってきました。東ドイツ国家が監視社会、密告社会、秘密警察社会であったことを取り上げたテレビ番組が、相次いで放映されたのは衝撃的でした。親子間、兄弟姉妹間、親戚の間を問わず相互いに監視し、密告が行われていたと言います。信じがたい社会であったのを知るにつれて、次第にかつて東ベルリンで経験したいくつかの謎が解けて行くような気がしました。

一　東ベルリンへ入った日、若い学生風の男の人に森田が話しかけると、二言三言言葉をかわすと、突然「急ぐので」と足早に立ち去りました。——外国人と話しているところなど、他の人に見られて密告されたくなかったのでしょう。

二　森田が倒れた駅でのキオスクのおばさんの冷たい対応も納得がいきます。——余計なことに関わったら大変なことになる、と思ったに違いありません。

三　同じとき、警察官に助けてくれるように頼んでも、「私の仕事はここに立っていることです」

とだけ答えて動こうとしなかったのは——自分の役目以外のことには口や手を出してはいけない、と教えられていたのでしょう。

四　駅で助けてくれた手荷物一時預かりのおじさんたちは、もしかすると知らぬふりをして、私たちを助けてくれたのかもしれません。見るに見かねて救急車を呼んでくれたのでしょう。——その証拠に、その後お礼を言いに行っても、あまり関わらないようにしようという雰囲気が伝わってきました。後でその筋から叱られたことも考えられます。勇気を出して私たちを救ってくれたことを、ありがたく思います。

五　森田の入院三日目に、荒々しく入室してきて怒鳴りだした病院の内科医長——国の大切な施設へ日本人が突然入院してきたりしては、困ったことだったのでしょう。彼のキャリアに傷がつくほどの大事件だったかもしれません。怒るのももっともでした。

六　私が病人の見舞いにいくと、看護婦さんが必ず見張りするように付いていました。——私たちがスパイではないか、よく監視するように、と命令されていたのでしょう。

七　それにしても、入院翌日に森田を見舞いに訪れたとき待っていた「森田氏」は何だったのでしょう。私たちがスパイか否かを見極めるための囮だったのでしょうか。私たちが何か密命でも帯びて、東ベルリンへ入ったとでも勘ぐったのでしょうか。それにしては病気になったりして頼りない、と思ったのではないかしら……。

ベルリン再訪

ベルリンの壁が崩壊したころから、日本社会では海外へのツアー旅行が盛んになりだしました。それとほとんど同じくして、社会一般にパソコンが広く利用されるようになり、世界の情報を迅速に、手軽に得られるようになりました。そのようなことも手伝って、私のベルリンでの体験も、よりよく理解してもらえるようになった気がします。

私自身、壁崩壊後、二〇〇一年、二〇〇三年、二〇〇五年、三度彼の地を訪れています。

「涙の宮殿」　撮影 2001.8

かつてのDAS KRANKENHAUS DER VOLKSPOLIZEI（人民警察病院）も訪れました。二〇〇一年に行ったときの病院は、お世話になった古い建物のまま残っていましたし、森田と面会した鉄格子の嵌まった病室も、進入禁止になっている区画の奥の方に確かにありました。隣では巨大な建物を建築中、新しい病院ができるようでした。

その建築中の建物はBundeswehkrankenhaus Berlin（ドイツ連邦軍病院）として、近代的な大きな建物に建て替えられています。

毎日びくびくしながら通った、東西ベルリンの検問所のあったフリードリヒシュトラーセ駅。駅の建物は東西に分かたれたドイツ人がここで再会して、あまたの涙を流したことからTränenpalast「涙の宮殿」と名付けられていました。後に大きく改修されて、二〇一一年に分断の時代を記念するミュージアムになりました。そういえば私はここで涙を一滴も流しませんでした。泣いている場合ではなかったのでしょう、きっと。

ナチス時代に開催されたベルリン・オリンピックの会場として有名なスタジアム。一九七四年のＦＩＦＡワールドカップ西ドイツ大会のときの会場になりました。一九九〇年にドイツが再統一された後の二〇〇六年、ＦＩＦＡワールドカップドイツ大会のときは大きく改修され、ここがメイン会場になりました。その後も、世界陸上選手権などの世界大会の会場として利用されています。ウサイン・ボルトが男子百メートル走で九秒五八の世界記録を樹立したのもこの競技場です。

シュタージ（国家保安省）博物館へも行ってみました。この博物館で見た、かつての東ドイツ社会の在り様は、信じられませんでした。親子兄弟姉妹親類、だれのことも信用できない社会。監視、密告社会が現実であったのをこの目で見て、ふっと「東ドイツが消滅したのは当然だったのだ」という思いになりました。監視国家、秘密警察国家が存続していくにはどこかに無理があったのだと……、人間の本来の生き方に合わないのだと……。

その後、そういう私の思いをよく描写した映画に出会いました。ぜひ一度観ることをお勧めします。

二〇〇七年に公開された映画・ＤＶＤ

二〇〇七年　アカデミー賞外国語映画賞受賞

原題『Das Leben der Anderen』

邦題『善き人のためのソナタ』

この映画は旧東ドイツ時代、シュタージが幅を利かせていた社会を描いています。そのシュタージに忠誠を誓っていた主人公の局員ヴィースラー大尉と、東ドイツ社会に批判的な芸術家ドライマンたちとの間で、暗黙の裡に凄まじい闘いが繰り広げられます。ヴィースラー等の用意周到な盗聴行為で、ドライマンたちのすべての行動が把握されているのも知らず、芸術家たちは東ドイツ社会を批判するような記事を西ドイツの雑誌へ載せます。これが問題になり、当局の捜査が次第にドライマンたちを追い詰めていき、もはや秘密警察に逮捕されるのは間違いないだろうというところまで来ます。

ところが、主人公のヴィースラーがシュタージの鉄則に反して、人間らしい思いをドライマンたちへ抱き出して、物語が思わぬ方向へ動き出していきます。つまり、ヴィースラーの局員としての心の綻び、迷いが、シュタージに追い詰められたドライマンたちを救います。

そうこうするうちにベルリンの壁は崩れ落ちます。その後、ドライマンはヴィースラーが逐一彼の生活を盗聴器などで探っていたことを知って驚きますが、結果的に彼のお陰で自分たちが当局に捕まらずになんとか助かったことにも気づきます。そして、ドライマンはヴィースラーに感謝を込めて、一冊の本を出版します。

壁崩壊後は郵便配達夫をしているヴィースラーが、ある日ベルリンの大きな書店に立ち寄り、ドライマンの著作を買います。その本のタイトルページに「感謝を込めて　HGW XX/7 に捧げる」という献辞があるのを見て、「私のための本だ」と言う場面が映し出されて映画は終わります。「HGW XX/7」はヴィースラーのシュタージ活動中の暗号名です。

最後に映し出されるヴィースラーの穏やかな顔が、とても印象的です。

世界平和を祈りつつ
二〇二二年三月

☆この文章をまとめるに当たってはベルリン市街地図をはじめ、年代、政治動向などの確認をするためにWikipediaをフルに活用しました。

☆平田達治著　『ベルリン・歴史の旅　都市空間に刻まれた変容の歴史』二〇一〇年　大阪大学出版会

☆クラウス・コルドン著　酒寄進一訳　『ベルリン』三部作　二〇二〇年　岩波少年文庫

☆なお、細かい日付、金額、そのほかに関しては、当時の日記や乗車券、航空券その他が保存されていたため、参考にしました。

二　子どもと絵本と私

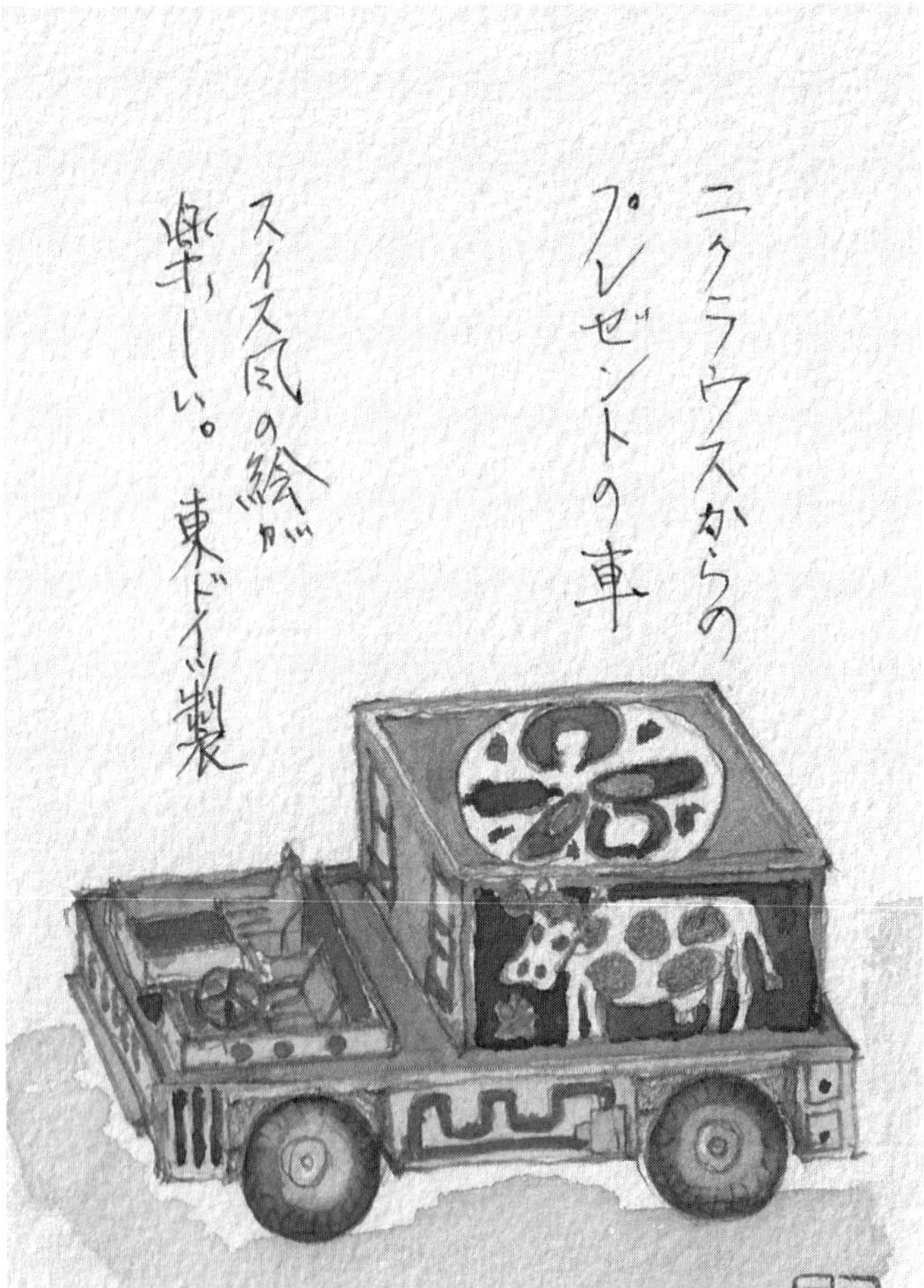
ニクラウスからの
プレゼントの車
スイス風の絵が
楽しい。東ドイツ製

ニクラウスからの車

ニクラウスは四歳。車が何よりも好きで、彼の部屋はいろいろな色のミニカーの海です。そして、出かけるときは必ずミニカーを一台持って行きます。お人形さんやおままごとの道具、おはじきなどしかない我が家に来て、彼が満足するはずがありません。ところがわが家にも彼の喜ぶものがあります。福音館の絵本『てつたくんのじどうしゃ』、『のろまなローラー』それに『ぴかくんめをまわす』です。ニクラウスははじめ「日本の絵本なんてつまらないよ」と言う感じで、見向きもしなかったのですが、あるとき「てつたくん」が色とりどりに塗られた自動車に乗っている表紙に目がとまり、私のところへとんで来て「おばさん、この本読んで！」と言いました。私は、ちょっとためらった後「てつたくんがあるいていたらね……」、と日本語で読みだしました。「ドイツ語で読んで……」と言われるかな？　と思いながらも、ずっと身振り手振りを添えて日本語でよんでいきました。そして、彼はいかにもわかったというように、「うんうん」と頷きながら最後まで聞いたのです。すると「これも読んで！」と、今度は『のろまなローラー』と『ぴかくんめをまわす』を探し出して持ってきました。私はまた日本語で、わが子に読んでやるのと同じように読んであげました。ニクラウスは一ページ、一ページ絵を食い入るように見つめ、耳から入るのが聞きなれない言葉でもちっとも頓着しないで、すっかり満足しているのでした。自動車好きの彼にとって、言葉や文字は二の次、自動車の付いた絵本ならそれだけでもういいのでしょう。

ロザリンも四歳、目のクルクルっとしたお人形さんのようにかわいい子。彼女は自動車になどまったく興味がありません。わが家の娘たちのところに来ると、お手玉やおはじきが気に入って大喜び、遊ぶのに忙しくてなかなか絵本のところへは行きません。でも、一通り遊んで飽きると、やっぱり絵本を開きます。彼女の好きなのは『ねずみのおいしゃさま』で、雪でぬれたねずみのおいしゃさまが、カエルさんの家に入っていくところが好きです。ここまでくるといつも長いこと絵を見ています。彼女は恥ずかしがり屋さんですから、「おばさん、読んでちょうだい」なんて言いません。黙って、一人で終わりまでページをめくります。一冊すむと『ぶたぶたくんのおかいもの』『ぐるんぱのようちえん』と続けて見ていきます。言葉が分からなくとも、彼女は充分絵本を楽しめます。

わが家の上の娘は、ニクラウスやロザリンと同じ四歳。クリスマスに知人から“Joggeli söll ga Birli schüttle”（『ヨッケリ　なしを　とっといで』）という絵本をいただきました。「読んでちょうだい」というのでドイツ語で読みだすと、簡潔に書かれた文と言葉の繰り返しが心地よく響くのか、黙って聞いています。この絵本は細長い形（たて十センチ×よこ三十センチ）で、最初のページから最後のページまで、左手に家があり、その家の前で庭掃除をしている主人、真ん中によく茂った三本の並んだ木、右手に三個の西洋ナシがなった枝がある場面で構成されています。この三個の西洋ナシを、掃除中の主人が少年ヨッケリに取りに行かせる話です。真ん中に立つ三本の木にはそれぞれ顔が描いてあって、中の話に応じて困った顔になったり、喜んだりして、一つ一つの場面はどうということもないのですが、続けて見ていくと動画になって楽しめるようになっています。知人の話によると、このヨッケリの絵本に、スイスの子どもたちならみんな一度はお目にかかるそうで、知人自身も子どものとき好んで眺めたのだそうです。今出版されている本も、色合い、図柄、すべて昔の絵本と同じなのだとのこと。これほど息長く人気があることからわかるように、この絵本はお話の流れと絵が上手に結びついた傑作！　この絵が楽しくて、我が子も日本語で読んでもらわなくとも、三本の木の表情などからちゃんとお話を納得できるのです。

長女は絵を描くのが好きで、放っておくと一時間でも、二時間でも黙ってお絵描きで遊んでいます。ときどき「お母さん、絵描いたからこれにお話を付けてちょうだい」と生意気なことを言って、教会のある街を我が家のフォルクスワーゲンと思しき車が、真っ黒い排気ガスを吐き出して走っている絵などを持ってきます。彼女は、お話に絵を付けるのではなく、絵にお話を付けるという逆の発想をします。この子は、絵を見るのが好きで絵本を開くらしく、絵を見ているあいだは夢と想像の世界にいるようで雑念が入りません。たとえば『ぐりとぐら』の中で、二匹ののねずみが森の動物たちと楽しくカステラを食べている絵、また『だるまちゃんとかみなりちゃん』の中の、ゴロゴロ番地でかみなりの子どもたちが鬼ごっこ、かくれんぼ、石けりをしているところなど、十分でも二十分でも飽きずに眺めています。

こういう調子ですから、チューリヒの街の子ども専門の本屋さんへ連れて行くと、スチームの上に板を渡しただけの小さいベンチに腰掛けて、片っ端から絵本を手に取って、「この絵、好きよ……」とか「このお話はお家にもあるの」とか言いながら一生懸命です。あるときデパートの絵本売り場で、日本でも翻訳出版されているピクシー絵本を見つけ、とうとう全部見終わるまで待たされました。その間、約四十分。こちらでは立ち読み、特に子どもの立ち読みは極度に嫌われていますから、傍で待っている私は店員が来るのではないかとハラハラし通しでした。

かといって娘は特別本が好きというわけでもありません。本を見たりするより、二歳違いの妹とおままごとやお人形さん遊びをした方がずっと楽しいようです。字のまだ読めない世代にとって、絵本を楽しむ限界があるのは当然かもしれません。だから娘たちにも私がいっしょに絵本を見てあげたり、読んであげたり、たまには絵本の中の文とは関係なく私自身で話を作って聞かせたりしています。

＊　　　＊

こうして子どもを通じて絵本と付き合っているうちに、私自身もすっかり絵本が好きになりました。知り合いのスイス婦人が日本びいきで『つるのおんがえし』を見せてあげますと「こういう日本的な絵本はスイスにはないので、是非これをドイツ語にしてください。楽しみたいです……」と言い出しました。独学で何とか身に付けたドイツ語で、苦心して訳してあげましたらとても喜んでくれました。これが契機となって、「そうだ、子どもたちにスイスの絵本を翻訳してあげよう」と思い立ち、先にも書いたヨッケリの話を手始めに、いくつかの作品を翻訳。子どもに読んでやるとなかなかの好評で、「お母さん、『ミッツィ』（小熊のお話）も訳してね」と、注文が来たりします。そして訳す本を選びに本屋さん通いが多くなったりしました。翻訳と一口に言ってこともなげに思える仕事も、実際にやってみるとても大変です。文法に忠実に訳すと、妙な言い回しの日本語になってしまいます。訳語も子どもに分かりやすいように言い換える難しさもあり、このへんで自分の語彙不足はドイツ語ばかりではなく、日本語もそうだったと気づいて愕然とし始めるのでした。その上スイス独特の生活習慣、それに伴う物事の名前は、手持ちの辞書にも見当たらず、スイス人の友人に聞かなければなりません。娘と約束した手前途中で投げだすことも出来ず、頑張って続けてもう六冊訳したことになります。この作業が意外とドイツ語の訓練にもなるのに気づきました。また、私が翻訳してあげるようになってから、子どもたちの絵本に対する態度がちょっぴり積極的にもなりました。

二人の小さい娘たちを連れてチューリヒに一年間滞在することに決まったとき、一番先にしたことは、『こどものとも』と『かがくのとも』を、毎月送ってくれるように福音館書店へ頼んだことでした。言葉の通じないところへ行って、それでなくとも人見知りが強く、臆病な娘たちが友だちとどの程度親しく遊べるか見当がつかなかったですし、チューリヒの寒くて長い冬の間、どのように過ごすかを考えたらやはり絵本が必要だろうと思ったからです。チューリヒにやってきて住んだところは街中で、周りは事務所、表通りは商店街で、友だちを探そうにも我が子ぐらいの年齢の子どもが見当たりません。そして冬がどっとやって来て、散歩もままならず、結局家の中に閉じこもりがちになりました。子どもたちは二人きりでよく遊びますが、長女はときどき他の友だちと遊びたくなったり、退屈を感じたりするようでした。テレビを観ようにも、スイスの放送は日本のテレビ界がサービス過剰なのと違ってそっけないのです。幼児向け番組は、夕方五時ごろに三十分ほどあるきりで、それも毎日はありません。毎日あるのは六時四十分から五分間「おやすみなさい番組」があるきりです。見るテレビ番組もないので、娘たちは絵本のところへ行きます。決して積極的な意味合いからではないのですが『こどものとも』『かがくのとも』をはじめとする絵本はなくてはならないのです。それほど熱中してみるわけではないのですが、絵本を見ない日はないのですから。なんども、なんども見た絵本をまた繰り返して丹念に眺めて、そこにまた違ったことを発見できるのも子どもの特権なのでしょう。

『こどものとも』二四三―六号「たぬきのくるむら」折り込みふろく「絵本のたのしみ」（福音館書店）掲載（一九七六年五月）

1　字が読めないことは　幼児の特権！

絵を読む子どもたち

トーストパンに牛乳、チーズ、ジャムの毎朝の食事の時、我が家の二人の娘たちの楽しみは、一枚のトーストパンをどういうふうに食べようか、ということです。彼らはいつも、一口食べては残ったパンの形が、何に見えるかと騒ぎます。それは「犬」だったり「靴」だったり「お顔」だったりします。聞いていると、彼らの連想ゲームはなかなか楽しく、かつ奇抜で感心することしばしばです。

ときどき「ねえ、お母さん、この形何に見える？」と問われても、私には食パンの食べかけ以外の何物にも見えなくて、わが想像力の貧困なのに哀しくなり、憮然として「お行儀がわるいですよ」なんて言ってしまいます。

このように子どもたちは窓に当たる雨を見ても、玄関の打ち水の跡を見ても、そこにできた形をすばやく独特の連想で何かに結び付け、空想にふけることができます。

豊かな想像力を駆使して、空想の世界に住めるのは幼児の特権でしょう。この世界に住む彼らの読書はすばらしいと思います。

チューリヒに住んでいたとき、知人のところに四歳のいたずらっ子坊やがいました。彼は車が大好きで車のおもちゃ、車の絵や写真があれば満足してとてもおとなしいのです。日本から送られてきた『てつたくんのじどうしゃ』や『くるまはいくつ』（ともに福音館書店刊）など、一連の車を扱った絵本は彼のお気に入りでした。家に来れば「ねえ、おばさん、読んで！」と私のところに本を持ってきます。いちいちドイツ語に訳して読むのも面倒なので、私は日本語で読んであげますが、彼は文句を言うことはありませんでした。文句を言わないどころか、絵を食い入るように見つめて満足しているのです。

わが家の姉娘がもっと小さかったころの読書法もそうでした。気に入った絵のところに来ると十分でも二十分でも眺めていました。眺めている間は一切の雑念が入りません。読み聞かせをしているときそうされると、読み手の私が根負けしてしまうことたびたびでした。

その読書法を、三歳になる妹娘が盛んにしています。この子は絵を見て独り言を言うのが大好きで、絵本を見て連想したことを、何の脈絡もなく大きな声で言います。こっそり聞いているとおかしくて、忍び笑いをしてしまいます。

妹娘は一時『おばけのてんぷら』（ポプラ社刊）が気に入っていました。何十回となく私に読んでもらっていますから、内容はもうそらんじています。一人でページを繰りながら、ねこちゃんのてんぷらのおべんとうを、うさこが味見させてもらうところで、「あたしにもちょうだいね！」と、よだれを流さんばかり。うさこがてんぷらを料理する段になると、彼女の手は忙しく動きます。そして、おばけがドアのカギ穴から入るところにくると、きまって「ベロベロバー」と名調子で言うのです。「おばけのてんぷら」とは、中に野菜や魚の入っていない、てんぷらの衣だけのものをいうのですが、これを私がてんぷら料理をするときにつくってくれと毎度せがみます。食卓でそれを食べながら「おばけさん、半田山（住んでいた家の窓から見える山の名前）に逃げて行ったかな？　さくらが天ぷら食べてるのを見てるかな？　おばけの天ぷらおいしいねえ、お姉ちゃん！」と、大人から見るとばかげたことを、まじめな顔をして言うのです。

彼ら幼児は絵本の絵を眺めることでいろいろな想像が湧き、絵をどんどんふくらませて、見事な空想の世界へ入っていけるようです。彼らだけの楽しくて愉快な世界なのでしょう。

限界があるのは大人の方だった

以前、私は「字の読めない世代にとって、絵本をたのしむには限界があるのは至極当然だ」と思っていました。だから二人の子どもたちに絵本を読んであげるのは、私の必要欠くべからざる役目と考え、彼らに求められたときはもちろん、求められなくとも、せっせと読んであげていました。しかしよく見ていると、子どもたちは字が読めないならば読めないなりに、立派に読書ができるようです。その読書生活は、決して私たち大人が考えているほど貧弱ではないらしいのです。

ときどき子どもと一緒に絵本を見ているとき、私は絵をお話の内容に沿って平面的にしか見られないのに対して、子どもたちは絵をもっと立体的に、動きを伴って感じているのに気づいて驚くことがあります。家の絵一つとってみても、子どもたちはその家のドアを開けてスルスルっと中に入っていけるらしいですし、私にとってはつまらなくて読みたくない絵本が、子どもたちには夢をいっぱい誘う場合があるらしいのです。そんなことを経験するうちに、「絵本を楽しむことに限界がある」のは、むしろ私たち大人の方ではないか、と思いはじめました。

私自身の子どものころは、今の子どもたちのように、いい読書環境に恵まれていませんでした。兄や姉の読み古しの絵本や童話を、何度も繰り返して読んだ記憶があります。私も本を読んだりするとお話の世界を自分なりに広げて空想にふけるのが好きでした。家の庭に座り込んで、「あの池のそばの松の下に白いお城があって、お姫さまが住んでいて……」などと空想にふけって、辺りが暗くなるのにも気づかずにいた思い出もあります。それは自分以外の誰にも知られない秘密の世界で、とても楽しかったのを覚えています。今の私はどうでしょうか……、そういう空想にふけりたくても、おいそれとはできません。雑念に振り回され、電話も鳴るし……落ち着かないことおびただしい。それに、何度も受験戦争を潜り抜けて暮らしているうち、豊かに想像をめぐらすなどという精神がすっかり枯れ果ててしまったようです。

その私がときどき本を読んでいて突然いくつかの光景が頭に浮かんで驚くことがあります。それらの場面は、子どものころ読んだ絵本の中のものなのに思い当たるのです。歴史小説を読んでも、登場人物が昔読んだ講談社の絵本の中の姿で私の眼前に現れてきます。私の場合、大人になってからの読書は子どものころの読書とずいぶん関係が深いと思うのです。これがすべての人に当てはまるとは思いませんが、やはり大なり小なり関係があるのではないでしょうか。

字を覚えたら……

ついこの間まで、絵本『ぐりとぐら』（福音館書店刊）のカステラつくりの場面に目を輝かせて延々と眺めていた長女も、幼稚園の年長組になりました。それまでどちらかというと家の中で妹娘と遊ぶのが好きだったのに、この頃は外で友だちと遊びまわるのが楽しくなってきたようです。友だちとの交友を通して彼女の心はぐっと成長して、妙に屁理屈もこねるようになりました。その上、特別教えたわけでもないのに、いつの間にか平仮名の読み書きを覚えてしまいました。すると、絵本の見方がなんとなく変わってきたのです。本の中の文を読むことに気を取られて、ページをどんどん繰っていってしまいます。以前のように絵を彼女なりにふくらませて、じっくりとその世界に浸らなくなった気がするのです。妹娘のように『おばけのてんぷら』にも、もうそれほど心酔しませんから、「おばけさん、また家に来るかな?」と妹が言っても、姉娘はちょっと軽蔑気味に妹を見やって「おばけなんていないよ」と、ぶち壊したことを言うようになりました。娘のその変化を見ると、子供の成長は抑えられないとは思いつつ、なんだかがっかりしてしまいます。もっと長く豊かな空想の世界に住んでいたらいいものを!

とかく今の風潮だと幼児に早く字を覚えさせようとします。しかし考えてみると、字が読めない時期と言うのは、長い人生から見たらほんの一時に過ぎません。字を読めないことは幼児の特権！　なるべく長い間字を教えない方がいいのではないかしらと思います。

確かに字を覚えることで、子どもの世界は大きく広がり、ものの考え方も成長するでしょう。一方、そのために幼児の持つ独特の世界を失ってしまう気がします。いずれは字を覚え、世の中のありようを学ばなければならない子どもたちに、何を急いであれこれと教え込む必要があるのでしょうか。せっかちに字を教え、数を教え、さては英語まで教えてしまうのは、暴力団大人組が幼児の世界へ殴り込みをかけるようなものに見えてしまいます。私たち大人には子どもの世界をぶち壊す権利はありません。むしろ彼らの貴重な、二度と楽しむことのできない世界をより豊かに、より長く続くよう手伝ってあげるのが義務なのではないでしょうか。

もう絵を見なくても絵が見えるらしい

一日の遊びにくたびれて家に戻り、夕食を摂り、入浴をして床にはいる二人の子どもたちの、眠りにつく前の楽しみは本を読んでもらうことです。私は二人の寝床の間に座って一日の最後の彼らへのご奉公（?）をします。ときには面倒くさいとも思いますが、外遊びに夢中になった子どもたちに落ち着いて接する機会がないこの頃、こころして相手をするようにしています。読む本はわが家の本棚からの一冊だったり、近所の市立図書館から借りてきた童話や絵本だったりいろいろです。先夜はカッパの出てくるお話でした。読みだすと妹娘は「お母さん、カッパってどれ？　絵見せて！」と眠い身体を起こしてきます。この子はまだ絵が中に立ってくれないとお話を十分理解できない部分があるようです。お話を耳から聞いて、絵で確かめて、それに自分の想像を加えて楽しむらしいです。ところが姉娘は「絵を見せて！」なんて言いません。黙って枕に頭を沈めて聞いています。たくさんの絵本を見て、想像力豊かに暮らしてきたこの子はカッパといわれても、彼女なりの絵を頭の中に描けるようです。これまでしてきた読書が大いに役立っているのでしょう。

これからまた、子どもたちがどんなふうに本との接し方に変化を起こしていくか見るのは楽しみです。

『母の友』一九七七年八月号（福音館書店）掲載

2　不親切のようで実は……

本誌昨年七月号のテレビ・アラカルト欄を読んで、ただもうその数字の恐ろしさに驚いてしまいました。日本の小学生がテレビを平日、一日平均二時間半も見ているのは事実でしょうか。夜七時台から九時台のテレビ視聴率が七十パーセントを越え、一年間のうち一か月以上もテレビを観ていることになるというのも信じがたいことです。もしこれらの数字が事実だとすると、なんと恐ろしいことでしょう。

子どもたちがテレビを見すぎて云々とデータを挙げて嘆く前に、テレビ番組の内容をこの辺で根本的に問い直してみる必要があると思います。大量に制作されているアニメーションマンガの中にはかなり質の悪いものもあり、たとえ名作だからと言っても、テレビマンガになると〝迷作〟になっているものが、少なからずあるようです。一体、制作者側はどういうつもりで、殺人マンガやけばけばしいマンガなどを放映するのでしょうか。

テレビを見せると理科や社会の知識が増えるという人がいます。けれどもサラッと映像で断片的に得た知識がどこまで体系的にその子の中に根付くでしょうか。自分の目で実際に見て、体験して、恐れたり驚いたり心配したりしながら得るものこそ真に役立っていくものだと思うのです。そういう生の体験をする暇を無くしているのも、一つにはテレビが原因なのではないでしょうか。

外国は日本といろいろな事情が違いますから比較にはなりませんが、私が暮らしたスイスのチューリヒでは、テレビのチャンネルはスイスドイツ語放送と、ドイツ第一、第二、この三つだけしか映りません。放送時間は午前中ほぼ二時間、午後一時間、夕方から夜にかけてはずっと放映します。内容は主にニュース、ニュース解説、討論会とすこぶる固いものが多く、クイズ番組などは月に一度ぐらいしかありません。土曜・日曜の夜に古い映画――アメリカの西部劇映画とかフランス映画――があった程度です。

子ども番組となりますと一層貧弱かつ不親切で（もっとも子どもにとっては親切なのですけれど……）、スイスドイツ語局では週に一度三十分の子どもの時間がありましたが、これが今週は就学以前の子供向け、次週は小学低学年向けとなっていて、フィルムがしょっちゅう同じものでした。

毎日ある子ども番組といいますと、夕方六時四十分からわずか五分間の〝おやすみなさい〟番組だけで、これはほのぼのとしたアニメーションマンガでした。我が子たちはこのわずか五分間のマンガをとても楽しみにしていて、毎日テレビの前に釘付けでした。それと、週一度日曜日の六時五十五分から七時まで「バーバパパ」がありました。これはチューリヒの子どもたちの人気の的で、バーバパパを見たいために日曜日はいい子になって頑張ったりするのだそうです。チューリヒの子どもたちは、質素なテレビメニューに一週間耐えた後、素晴らしいごちそうにありつける仕組みになっているのです。「バーバパパ」を食べた後一週間はその味を反芻しながら、次回を楽しみに待つのです。こういう中では、子どもたちはテレビっ子になりません。

知人に「子供番組が少ないですね」と尋ねたところ、彼女は「これでいいんですよ。そんなにたくさん番組があったら、子どもたちがほかのことで遊ぶ暇がなくなるではありませんか」と自信を持って言うのでした。そのとき私はいみじくも、知人に日本の子どもとテレビの関係を笑われた気がしました。

『子どものしあわせ』一九七九年一月号「なんとかならないか子どもテレビ番組」
（草土文化）掲載

3　スイスの幼稚園に娘を通わせて

「みどりちゃん、チューリヒの幼稚園に行ってみる?」という問いが、何度わが家で繰り返されたことでしょう。間もなく五歳になろうとしていたみどりの返事は、その時どきで違いました。あるときは「みどり、行ってみるの」、と張り切って言うかと思うと、次には「ドイツ語がわからないもの、イヤだなァ」、と不安げに答えたりしました。みどりの心の動揺は、まさしく親の気持ちの反映でした。というのは、子どもをチューリヒの幼稚園に入れることに関して、娘にとってきっといいことだろうから通わせようと思う一方、みどりは人一倍人見知りが強い上、友だちと遊ぶのがあまり上手でなく、母親べったりの子だから、異国の子どもたちの中に入ってうまくやっていけるかどうかという不安もあり、やっぱりやめておこうと考えたりしました。それにもう一つ言葉の問題がありました。チューリヒ地方では日常会話に、発音も語彙も文法も標準ドイツ語とはかなり異なるドイツ語方言が使われています。子どもたちは小学校に入学して標準ドイツ語を母国語として学ぶまで、家庭でも幼稚園でもこの方言を使っています。みどりは入園までのチューリヒ滞在でかなり標準ドイツ語がわかるようになっていましたが、方言は私たち親と同じく、ほとんど理解できませんでした。

入園も迫った四月のある日、子ども部屋で遊んでいるみどりと、二歳年下の妹のさくらの会話が漏れ聞こえてきました。「おねえちゃん、さくらのお人形しゃんの洋服着せてね」と妹娘。すると、「あのね、さくらちゃん、みどりはもうすぐ幼稚園に行くのよ。そしたら、さくらちゃんを助けてあげたりできないんだからね。さくらちゃんもひとりでいい子して遊ぶのよ」、とみどりの声。

幼いながら迷いに迷った揚句、こういう心境になったことに驚き、それでは入園させてみようということになりました。それにもう一つ、市立幼稚園が無料ということが、主人の貰っている奨学金で生活している私たちにとってこの上なく魅力的でした。

みどり、あしたも来たい……

入園日はスイス晴れ（?）でした。チューリヒ市教育委員会から受け取ったハガキの文面には「上履きを持って九時に来るように」とありましたから、あり合わせの布で縫った袋に運動靴を入れて持たせ、家から歩いて五分のところにあるベッケンホーフ幼稚園へ、母と娘は期待と不安から口数少なく向かいました。

入園と言っても日本での、あの制服制帽の園児たちが勢ぞろいして行う式などという物々しさはありません。それもそのはず、先生はまだ二十七、八歳のリュスト先生一人で、新入園児は八名、年長の子どもたち五名と合わせて全部で十三名と、いたって規模が小さいのですから。教室も百平方メートルくらいの広さの部屋が一つだけで、子どもたちは先生を中心に半円になって椅子に座り、母親たちは後方で見学。はじめにリュスト先生の操る指人形と一人ずつ握手を交わします。四番目に「みどり！」と呼ばれました。みどりは物おじせずに人形に近づき握手を交わしましたが、リュスト先生から早口で何か話しかけられると、「わからない」という意味で頭を強く振り、困った顔をしました。一瞬お母さんたちの間から笑いが漏れ、同時にみな私の方を窺ったのでした。私はハッとして、やっぱり無理だろうかと不安な思いがつのってきました。

二十分ほどで、お母さんたちの見学は終わりになりました。家に戻った私はソワソワと落ち着かず、何も手につきません。十一時の迎えの時間が来るまでのなんと長かったことでしょう！　もちろん、幼稚園の門に一番先に姿を現したのは私でした。園から飛び出してきたみどりの第一声は、「お母さん！　みどり明日も来るの。ねぇ、みんなみたいなカバンほしいなぁ。パンやリンゴ入れてくるのよ」と、威勢のいいものでした。

こうしてみどりは短い期間でしたが、途中風邪で休んだのと、親の外出のお供で欠席しただけで、あとは一日として嫌がることなく、元気よく幼稚園に通いました。

ベッケンホーフ幼稚園の時間割

幼稚園は午前中九時から十一時までの二時間。十一時から二時まで、子どもたちはそれぞれ自分の家に帰って昼食をすませ、午後は二時から四時までの二時間登園します。水曜日と土曜日は午前中だけでした。午前と午後のそれぞれ二時間ずつの園生活のうち、どちらも前半一時間は十三人の子どもたちが椅子に座って半円を作り、リュスト先生がその中心に座って歌ったり、踊ったり、歌いながらゲームをしたりして全員で遊びます。リュスト先生が「鈴を持つ人！」とか「お馬の先頭になりたい人！」とかゲームの音頭取りを求めると、子どもたちは腰を椅子から浮かせながら右手を高だかと上げて、我こそは！　と意思表示。歌を歌うときも、調子はちょっぴりおかしく響くけれど元気いっぱい合唱します。こうして遊ばせながら、団体生活の在り方とか、その中での過ごし方などを自然に身につけさせるのだそうです。

午前中にだけ途中おやつの時間がありました。子どもたちは、通園カバン――といっても日本のように色・型統一のものではなくて、ある子は母親手製のフェルトの袋だったり、他の子はビニール製の袋だったり、中には包み紙にクルクルっと巻いてくる子もいました――の中に入れて持ってきたリンゴ、西洋梨、生の人参などを、皮もむかずにガリガリっと食べます。これを見て果物はよく洗い、皮をむいて食べるものと思っていた娘は、ずいぶんびっくりしたらしいのですが、ブドウの皮を一粒ずつむき、種まで出して食べるみどりを見て、友だちはもっとびっくりしたようです。

しばらくしてみどりが、「お母さん、おやつのリンゴは丸のまんま持っていきたいなぁ。丸のまんま持っていくとね、おやつのときリュスト（子どもたちは先生と呼ばないで、きちんと姓を呼ぶ）さんがナイフでリンゴの横にギザギザを入れて二つに割ってクローネ（王冠）や、眼とお鼻をくりぬいてメッチェン（女の子）をつくってくれるの。みどりもつくってもらいたいの」。

娘の意思を尊重して、それまでは皮を剥いてラップに包んで持たせていたリンゴを、次からよく洗って、丸のままカバンに入れてやることにしました。「今日は何を作ってもらったの？」と聞くと、「メッチェン」とか、「みどりが四人目くらいに並んでいたの。どっちがいいかいっぱい考えたけど「クローネ」と言っちゃった」などと、楽しそうに話してくれるのでした。

子どもたちは立ち食いしたり、ワイワイやって食べたりして、決してお行儀がいいわけではありませんが、先生はいちいち注意しません。

後半の一時間は自由遊び。絵を描くグループ、お人形さん遊びをするグループ、レゴをするグループなどが自然にできて、子どもたちは誰の命令も受けないで、好きなように遊びます。子どもたちからなにか訴えがあったときには先生は応じますが、あとは静かに観察しているようです。工作をするときだけは積極的に指導に当たるらしい。この工作、チーズの空き箱、靴の空き箱など廃物利用の工作で、出来上がりは十三人それぞれみな違っていて楽しいものでした。

みどり　口きかないよ

工作の時間に先生がどんなふうに指導しているのか興味があったので、娘が「ニワトリさん」を作って持って帰ったときに聞いてみました。

「こうして工作するの、みどりちゃんが全部、みんなの真似をするの?」

「ちがうの。あのね、ミリアンの隣に座っているとね、リュストさんが先にミリアンにいろいろ教えてくれるの。みどりそれをよーく見てるの。作るものはミリアンのと同じじゃないけど、リュストさんが「ここはツヤ紙を貼るか?」って聞くから、だいたいわかるので「うん」ってこっくりするの。にわとりさんのしっぽも、「ミリアンのおうむのしっぽのように紙テープを付けるか?」っていうから「うん」ってこっくりしたの」

「うんうん頷いているだけでどの工作もできあがっちゃうのね?　すごいのねぇ」

「そう！　だってみどり口きかないよ。はずかしいもの！」
それを聴いていたみどりの父がぼそりと
「沈黙は金だものなぁ」

持っていけなかったおやつ

ある日、四時に迎えに行ったとき、みどりが一目散に走りだしてきて「今日は少し歩いたところにある公園へ行ったの。みんなおやつと飲み物を持ってきたよ。持ってこなかったのはみどりとニクラウスとシモンだったの」と、ちょっと興奮して言いました。

「で、どうしたの？」

「あのね、ニクラウスとお砂場でお山作りして、みんなが食べ終わるの待ってたの」

食いしん坊なみどりのことだから、さぞかし残念だったに違いないと思いました。おやつを持ってこなかった三人のうち、みどりは先生の言ったことが理解できなかったため、ニクラウスは両親がオーストリア人で、家庭では標準ドイツ語の生活ですから方言を理解できなかったため、シモンはその日の午前中欠席していたため、と理由がはっきりしていました。

それ以来、千代紙を表紙に貼った小さいノートを作って、先生に連絡を記入してもらうことにしました。娘は言葉が分からないのは先生も承知のはずなのに、連絡することがあったとき何もしてくれなかったり、おやつを忘れた我が子たちが、みんながおやつを食べている間お砂場で遊んでいても、一言も声をかけてくれなかったというのを知って、先生の娘への対し方が少し気になりました。この連絡帳を作って以来「あしたは森へ行きますから、おやつと飲み物を持たせ、しっかりした靴を履かせてください」とか「午後は水遊びをしますから、水着とおやつを持たせてください」などなど、こまめに書いてくれるようになりました。

連絡帳に頼ったのはみどりだけ。子どもたちは一個の人格として認められ、信用されていますから、先生から家庭への連絡はすべて口頭伝達で、プリントを配ることもないし、お母さんたちが先生に問いただしたりもしません。子どもたちは親と先生から受けた期待を立派に果たしていたようです。もっとも、この幼稚園には、これは絶対に親に伝わらないと困るという重大事はないのかもしれません。

一日送迎に四往復

日本ではよく「今年から子どもが幼稚園に入るから楽になるわ」、という声を聞いていました。

私も長女が通園し出したらどんなに暇ができるかと、心待ちにしていた一人です。でも、あの面倒なお弁当などというものを作らされないのは助かったのですが、一日に四度子どもの送迎のために幼稚園まで往復するとなると、わが期待はあっさり裏切られました。子どもの送迎が義務付けられていたわけではないのですが、幼稚園が街中の公園の一角にあって、交通の激しい道路を横断しなければならなかったものですから、慣れない子どもを一人で送り出すのは不安でした。園児が少ないから集団登園などという、親にとって便利なシステムもありません。それでは近所に住むオリビエのママと交代で送迎しようかということになったのですが、これには娘からの強硬な反対がありました。彼女は「よそのお母さんが迎えに来るなんてイヤよ！　ちゃんとみどりのお母さんが来てちょうだい！」と主張したのです。

この送迎を重荷に感じていたのは、私だけではありません。ニクラウスのママも、マルコのママも会えば、「大変だ、大変だ」と嘆いていましたから、改めて幼稚園児の生活時間について聞いてみると、「昼食は家で主人と上の子とみんなそろって食べさせて、食後休ませたいし、これ以外に時間割をどうしたらいいか考えつかない」との返事が返ってきました。注意してみると園児たちのお母さんはみな家庭婦人、共働き家庭の子どもたちはもっと低い年齢から一日中預かってくれる市立保育園へ行くようでした。市立保育園は月額二百スイスフランから五百スイスフラン〈一スイスフラン＝約百二十円〈一九七七年当時〉〉かかるとのことで、この額は共働きをしていない平均的チューリヒ市民にとっては大変なのかもしれません。

幼稚園は遊びに行くところ

送迎をうっとうしがる場合はほかに子どもを持っているお母さんたちで、一人っ子のお母さんにとっては問題ではなかったようです。十三人の園児のうち七人までが一人っ子で、この子のお母さんたちは「子供を幼稚園にやって少しでも友だちと遊ばせたい」と言っていました。一人っ子のお母さんに限らず、みんな子どもは幼稚園で遊んでくるものと思っていて、躾だの何だのとうるさいことをまったく期待していないようでした。

季節がよくなってくると午後だけ市電に乗って森へ遊びに行ったり、近くの公園へ遠征したり、暑くなると毎日でも園に続く公園の噴水池で水遊びをしていました。

リュスト先生によると、幼稚園は子どもにとってはじめての家庭外での集団生活だから、まず園がうんと楽しいところでなければなりません。それには躾とか教育とかより先に、遊びを中心としていくことが必要です、そして子どもたちは恥ずかしがり屋だから何一つ押し付けてはいけないし、先生は常に全員に平等でなければならない、との意見でした。幼稚園のカリキュラムは市教育委員会の指導要領を参考にして、リュスト先生一人で作成するのだそうです。

みどりが毎日楽しく通園できたのも、この幼稚園の方針が大いに関係していたのかもしれません。

あわてない　お母さんたち

子どもたちはみな素直でおっとりしていて、異国人の娘を快く迎え入れてくれました。一人っ子のマルコは、お天気が良ければ週末も友だちと遊びたくて、よくママと一緒に公園に来ていました。ママは芝生の上の椅子に座って編み物をせっせとしていて、彼が何をしていようと干渉しません。彼は娘たち女の子とままごとをよくして、いつもパパ役をしていました。彼のママに「マルコに将来何を望んでいますか」と聞いてみると、「もちろん学校の成績がいいのはうれしいけど、それがすべてではありません。それぞれに合った生き方がありますからね。力もない子に勉強を押し付けたらかわいそうだと思っていますよ」と言っていたのが印象に残りました。

シモンはお兄さんが二人いるけれど、とてもおとなしい。年齢の割に大きい身体なので背中をくるっと丸めて三輪車を乗り回す。おすべりもブランコも彼にはとても楽しい遊び。ママは「シモンは来年小学校に入りますけど、字は名前だけしか書けませんよ。でも慌てません。今は彼にとって楽しく遊べるときですものね。学校へ行ったら勉強、勉強ですものね」と語っていた。

ニクラウスのパパ、ゲブラー氏とみどりの父は大学の研究所で親しいので、ゲブラー一家とはよく行き来しました。ゲブラー家には小学二年生のフロリアンと、いたずらっ子のニクラウス、それに二歳半のエリザベートがいて、ゲブラー夫人はいつも大忙しでした。夫人が教会の用事で出るときなど、またフロリアンが右腕を骨折したときなど、ニクラウスはよく我が家に預けられてきました。「ニクラウスはみどりと遊びたいのだから、お宅に預けるのが一番いい」と、夫人はよく言いました。親は困ったときはこうして気軽に子どもを預けあうし、子どもも承知していて問題はありません。こういう習慣も赤ちゃんのころから、身につくのでしょう。パーティーだ、音楽会だというと、親は赤ちゃんを寝かせつけて隣人に一言頼んで出かけるようですから。

車が好きなニクラウスがわが家に来ると、レゴで車を作って競走させたり、車のある絵本を眺めたり、みどりや私と車の絵を描いたり……車に始まって車で終わります。彼はまだ字も書けないし、読めもしない、車の絵を描いてもノロノロと走って途中でエンストを起こしそうなものばかりですが、こと車に関する知識は抜群です。

妹のエリザベートはおむつが取れないムクムクのお尻をしています。日本のお母さんだったら「もう二歳半なのだからおむつなんかしていたら恥ずかしい」と思って、おむつ取りに躍起になるものですが、お母さんのゲブラー夫人はちっとも慌てません。さくらが満二歳でおむつが取れたと言っても、彼女はそれを誉めもしませんし、驚きもしません。エリザベートがおむつを取る意味を十分に分かるのを待っているのだそうです。彼女の子どもたちへの姿勢はこのおむつ取りに端的に現れていると思いました。

さよなら　ベッケンホーフ幼稚園

日を重ねるにつれ、月を追うにつれ、みどりは口を自らきかないまでも、相手の言うことはほとんど分かるまでになって、連絡帳もあまり必要がなくなりました。はじめは恥ずかしがって友だちとも遊べなかったのに、言葉に自信ができるにしたがってどんどん積極的に仲間に入るようになりました。方言の歌詞の歌も大声でみんなと合唱するし、ゲームにも元気よく手を挙げて加わり、幼稚園はこの上なく楽しいところになったようでした。

一度、公園で水遊びをしているのを垣根越しに覗いてみると、リュスト先生は芝生の上の椅子にドッカと腰掛け、子どもたちは水を掛け合ったり、走り回ったり……。その中で、ちょっぴりずんぐりした体型の水着姿の娘が「マルコ　コム（マルコ　おいで）」などと言ってすっかり溶け込んで遊んでいて楽しそうでした。

子どもが喜んで通園するのを見れば送迎の煩わしさも忘れがちになります。むしろベッケンホーフ幼稚園のように何一つ押しつけない教育や躾のないのどかなところを羨ましく思うようになりました。そして、日本へ帰ってからのことを考えると少し憂鬱になりました。日本では大方の幼稚園は一クラス三十人から四十人の園児がいて大変だという噂を耳にしていましたから……。もっとも、日本ではそのようにしなければならない事情があるのでしょう。一国の教育はその国の事情に合ったものであり、長い伝統の上に出来上がっているのなのですから。

明日はチューリヒを発つという日、友だちと名残を惜しみながら幼稚園から出てきたみどりは、ニクラウスからの小さい贈り物を抱えていました。それは、彼の使い古しのブリキ製の車と、ヨタヨタと走っている車の絵でした。

『母の友』一九七七年一月号（福音館書店）掲載

4　チューリヒの小学校参観記　クラスを二つのグループに分けて授業

時間割に空いている穴は？

フロリアン坊やはスイスのチューリヒ市立小学校の二年生です。なかなかのいたずらっ子で、崖から落ちて右腕の複雑骨折などをやらかして親に心配をかけますけれど、会うと必ず「グリュス・ゴット！（こんにちは）」と、気持ちの良い挨拶をしてくれて、家庭での躾のよさが窺われます。彼はよく友だちと公園に遊びに来ます。それもとんでもない時間に、砂場でトンネルなどを作っていたりします。「フロリアン、今日は学校お休み？」と問うと、「ううん、今の時間は空いているの。三時からまた行くんだよ」と、泥んこの顔を上げて答えてくれます。彼の時間割を見せてもらうと、ボコッ、ボコッと穴が空いています。一日に多くて四時間、少ない日は二時間くらいしか授業がないのです。

どんな授業をしているのだろうか、どうして授業時間がこんなに飛び飛びなのだろうか、という思いから、フロリアンのクラスを見学させてもらうことになりました。先生は四十過ぎの痩せた女の先生で、ニコリともせずとても怖い印象を受けました。参観は月曜日の九時から十一時まで、ドイツ語と算数の時間にいらっしゃいと指示されました。

　フロリアンの二年Bクラスに入ってまず驚いたのは、その教室が明るくて清潔なこともさることながら、生徒数がわずか十七名しかいないことでした。二年Bクラスは全部で三十四名、けれどそんなにたくさん生徒がいては、とてもドイツ語や算数は指導できないから、クラスをA、Bの二つのグループに分けて教えているとのことでした。従って、先生は交代でやってくるAとBのグループに同じことを教えることになります。フロリアンの時間割に穴が空いているわけが、それでよく理解できました。座席は、両グループ全員集まってするホームルームの関係から三十四席、全員分あります。机は教卓を二重に「コ」の字型で囲むように並べてありました。

　授業前にさわやかな朝の歌を歌って、最初はドイツ語のディクテーションの時間。先生が一節ずつ読み、生徒が一斉に後をついて繰り返して発音してから書き取る手順。生徒たちにとって、母国語とはいえディクテーションは苦手のようです。難しい単語が出てくると、みんなで発音し、綴り字を指名された生徒が黒板へ出て書き、音節はリズムを付け、実際に強弱をつけて歩かせて体得させせます。ただ暗記させるというのとは全く違います。その進度はのんびりしていて、四十五分間この作業で終始し、先生へ書き取りを提出したらみんな教室から出ていってしまいました。

先生はこの休み時間に、手元に集めたディクテーションに目を通していました。

次は算数の時間。引き算の練習ですが、教科書もノートも出さず、生徒は全員起立したまま、先生とボール投げを始めました。先生が「40マイナス9」と言いながらバレーボール用のボールを一人の生徒に投げると、受け取った生徒は「31」と答えながらボールを先生に投げ返します。ボールを十七人の生徒にまんべんなく当てながら、このゲーム（？）をリズミカルに繰り返していくのです。ボール投げが終わると、今度は生徒全員先生の周りに集まり、先生の出す引き算の問題に挙手して答え、答えが正しかったらしゃがむというゲームです。生徒が皆しゃがんでしまったら、また全員立って繰り返す……。生徒たちは一刻もボヤっとしていられません。ここでは先生が黒板に書き、生徒がすわってそれをノートするだけの場所ではなく、緊張が強いられるようで、よそ見をしたりする子は見当たりませんでした。終業のベルが鳴ると生徒たちはさすがにほっとした様子で、元気に外へ飛び出して行きました。

先生の話では「ドイツ語や算数の宿題は毎日出します。その日学習したことを忘れないためですから、量は少ないし、難しいものではありません。授業中、生徒には充分わかるように説明し、先を急いだりしません。授業内容の程度の高いこと、進度の早いことが生徒たちにとっていいことだとは限りません。私たちは生徒を落ちこぼさないようにしています」。

詰め込みではないが厳しい

一方、小学生を持つお母さんたちも、クラスが少人数制であるのは当然のことだと考えていて、これがもし三十人も生徒がいたら、先生はどう教えていいか困ってしまうだろうし、生徒の中にも落ちこぼれがたくさん出るだろう、と考えています。また、あまり理解力が劣ると、低いレベルのクラスに入れられ、そこで訓練して実力が付くと、また普通のクラスに戻されるという制度も、子どもにとってはよいことだからと賛成しているようです。

チューリヒの小学校教育が詰め込みではなくて、厳しいけれどもゆったりと、どこか長閑なものなのに半ば驚き、半ば羨ましく思いました。フロリアンたちのように小人数制クラスで、落ちこぼさない教育ができるのも、絶対人口の少ないスイスだからこそ可能なことかもしれません。所詮、教育はその国のありようと、深く関わっているものなのですから。

それにしても、私は今の日本の学校教育や、私たち母親の考え方が気になります。新聞を開けば「三歳から数と文字は教えましょう」とか、「英語は幼いうちにやるのがコツ」などと、通信教育の広告が大きく出ています。他人の子はともかくも、我が子は後れを取るまいという親心から、子どもの意志はそっちのけで、数だ、文字だ、と教え込む今の社会。小学校に入ってから、ちょっぴり知識を身に付けたと思い込んでいる子どもたちには授業は面白くないと聞きます。私の知っている小学二年生、四年生、六年生、みんな異口同音に「学校の授業なんかつまらないよ。授業中は後ろむいておしゃべりしてるの」などと言っています。そして、彼らのもう一つの共通点は、ちょっぴり先生をバカにしているように感じることです。

あるとき茨城県の小、中学校の先生方の視察団が、チューリヒにもやって来ました。市立の小、中学校を視察したのち、その中の一人の先生が「驚きましたねぇ、学習していることが学年の割に易しすぎるんですよ。あれでいいのかと心配になりましたよ」というのでした。私は日本の詰め込み教育、高水準、早い進度、偏差値教育への疑問と反省こそ、その先生方の口から聞けるものと思っていたので、驚いてしまいました。

でも私は確信しています。小学生は友だちと楽しく遊ぶこと、自然に接すること、絵本や童話の世界に浸ることが、より高度の算数を覚え、難しい字を覚えることより大切なのではないかと。そして、学校には落ちこぼさない教育が待っていてくれたら、子どもはどんなに幸せか。

『子どものしあわせ』一九七八年三月号（草土文化）掲載

三　スイス旅日記——一九九二年九月十五日～十月四日

ブレガリア谷・ソーリオ

1　旅に出るまで

いつかまたスイスに行ってみたいと思っていました。夢は描いていましたけれど、その機会はなかなか巡ってきませんでした。この十六年、子どもたちを育てるのに追われていましたし、いろいろな意味で海外へ出る条件は整っていませんでした。チャンスは偶然なことが重なってやってきました。

まず、この春（一九九二年四月）次女が大学生になりました。大学受験は子どもにとって大切なとき、それを浪人もせず無事に大学へ進学できたことは、親の私たちにとって本当にありがたいことです。大学生になってからの娘は身も心も解き放たれ、元気いっぱい。挙措動作にも自信が溢れるようになりました。これなら姉娘と留守番をしてもらえるのではないかと、思いはじめました。

次に、この春森田が二十一年間の国立大学勤務から、私立の大学勤務に変わりました。これもまた一つの区切り目です。ちょうど出版社の仕事を抱えていて、そのためにスイスで調べることも生じました。もしかしたらこれが、スイス行を決定的にした第一の理由かもしれません。

それに加えて私たちは、今年銀婚式を迎えます。二十五年間の結婚生活はそれほど長くは感じないのですが、やはり感慨深いものがあります。何か思い出になることをしたいと、年初から考えていました。こういったことがスイス行を実行に移す理由でした。

一方、スイスの友人の方でも私たちを迎えてくれる用意が整っていた感があります。

二十数年前、森田が初めて留学をしたときに学生会館で知り合った友人たちが、森田のスイス訪問に合わせて一堂に集まるという計画を立てたというのです。是非出席するようにという誘いがかかりました。

もう一つは二度目（一九七四年四月〜七五年三月）に滞在したときに、二人の娘たちをとても可愛がってくれたタンテ・マルタ（マルタおばさん）が、三年前に脳梗塞を起こし一時重篤でした。長い療養の後、奇跡的に回復して家に戻って暮らしているとのことで、お世話になったお礼に一度お見舞いに行きたいと考えていました。

こうして私たちはスイスへ出かけることになりました。そして実際に行くのは九月にしよう、と春には決まりました。嬉しい気持ちに誘われて、私はスイスの友人たちへのお土産を早々に用意、六月にはパスポート申請、取得。続いて航空券の手配。また、週二度の割合で仕事をしている職場への休暇許可願提出。準備はおさおさ怠りなく、万事早めに済ませて八月には、気分はもうスイスという状態でした。

2　父の入院、逝去

ところが思わぬ事態が生じました。八月中旬、それまでは百歳までも生きるだろうと信じて疑わなかった実家の父が入院、危篤との知らせ。それからが大変！　父の入院した病院は私たちの居住地から遠いところ、ここは実家からも車で一時間はかかるという地。兄夫婦、二人の姉たちそれに私、五人の奮戦がはじまりました。実家に、高齢の母一人残すこともできず、母の世話をしながら病院へ通うという生活。私も週二回勤務の仕事を休み、家に来る英語家庭教師の生徒も放り出す、という事態になりました。父の容体は一進一退。

スイス行はもしかすると無理かもしれない、と思いはじめました。留守の間に父が亡くなった場合を考えると、行かない方がいいだろう、かといって万一父が私たちの帰国までの日数（二十日間）持ちこたえてくれた場合、きっと「行けばよかった」と残念に思うに違いない、と心は揺れました。母は「せっかく用意したのだから行ってらっしゃい」と、いたってクール。兄は「不在中に亡くなる確率は高いけれど、そこは末っ子の君の特権だね。行ってもいいだろう。僕は長男だからそうはできないけれどもね」、との判断。「それでは行かせてもらいます」、ということになりました。出発まではできる限りのことをしておきたいと、母のところにずっと泊まり込みでした。こんな生活を二週間ほど続けて、皆がそろそろ疲れてきたころ、暑さも手伝ってついに兄嫁が寝込んでしまいました。それでは助っ人を頼もうか、という相談になったところで、それを察したのか九月七日未明、父は急に逝ってしまいました。通夜、密葬、葬儀、それに伴うもろもろの雑用をこなし、クタクタになってわが家へ帰宅したのは、九月十日夜遅くでした。翌十一日は心身の疲れを取ろうと、一日ゆっくり休みましたが、当然のことながらちっとも気持ちが浮き立ちません。あらゆる手続きは準備万端整っていましたが、基本的な旅立ちの用意——スーツケースへ着替え、お土産などを詰め込むことなど——には手を付けていませんでしたから、急がねばなりません。出発前日の十四日月曜日に、銀行の用事を済ませてやっと間に合いました。

いよいよ出発ですが、その前にもう一つ話したいことがあります。

今回は二十一歳の長女と十九歳の次女、二人の娘に留守番を頼みます。このことではいろいろ心配しました。親が留守中、駅へ迎えに行く人がいないので、帰宅は夜遅くならないように心がけること。夜、戸締りを忘れないこと、電話などでやたらと両親が留守だと言わないように、洗濯物は必ず父親の下着一式と靴下、ワイシャツを洗って干すこと、玄関にも父親の靴を常にそろえておくこと、男の人は一切家へいれないこと、トイレや洗面所を清潔に使うこと、その他諸々。友人には「地方から東京へ遊学させていると思えばいいのよ」と言われましたけれど、そう簡単に割り切れるものでもなく、心配は限りなく、注意は際限なく、ついには娘たちがうるさがる羽目に陥りました。最後は、子どもたちを信頼しようという思いにすがりました。そして、近所に住む我が親友に一切を説明し、目配りを頼んでいくことにしました。

さあ、いよいよ旅にご案内いたしましょう。

3　旅日記

九月十五日（火）曇

午前三時五分　起床。洗面後軽い朝食。身支度は、森田はネクタイに背広、私はブラウスにジャケット、飛行機が高いところを飛ぶため寒さへの用心にタイツを履き、その上にスラックスといういで立ち。荷物はスーツケース、機内持ち込み用バッグを各自、カメラを二台。
四時四十五分　長女に車で最寄り駅まで送ってもらう。改札口はまだ無人。
五時〇二分　始発電車で出発。車内はがらがら。居眠りしている人がちらほら。早起きしたから私も寝ようと思うのだけれど、この数日の出来事が頭に浮かんで眠れない。やはり今スイスに行ってもあまり楽しくないかしらと、ふと思う。
五時三十六分　池袋着。JR成田エクスプレスに乗り換え
五時五十八分　池袋出発。こちらの電車は結構混んでいる。隣に座った人たちが大声で話していて眠り損ねる。ふっと、父の亡くなった夜のことを思い出す。
七時二十六分　成田空港着。搭乗手続きカウンターまでたどり着くと、大変な人の波！　十六年前よりも空港は明らかに混んでいる。それだけ外国へ出る人も、日本へ入る人も多くなったということ。これを見ただけでも、時代は先へ、先へと進んでいるのが分かる。
九時　搭乗開始。大韓航空の五百人乗りジャンボジェット機の大きいことを実感。このジャンボ機は前回（一九七五年）スイスから帰国するころから、世界の空を飛びはじめた。私たちは利用しなかったけれど、スイスの空港に駐機していた巨大な姿を見ている。
ジャンボ機は両窓際三席ずつ、真ん中に四席、一列平均十席。私たちの座席は機体後方真ん中

の列。お隣は若い日本人男性。

九時五十分　離陸。二時間ほどの飛行で韓国キンポ空港着。ここでフランクフルト行飛行機へ乗り換え。

十二時五十分　韓国キンポ空港離陸。今度も真ん中の列の座席のために外は見えない。お天気も悪いのでソウルの街もよく見えないだろう。

隣はまた先ほどの若者。「煙草を吸っていいですか」、と話しかけてきたのをきっかけに少し話す。両親がドイツのデュッセルドルフに住んでいるので、休暇を取って遊びに行くという。仕事は音楽の演出。他に外国の演出家が来ると、通訳をするのだという。帰国子女で英語が達者らしい。こういう若者が増えたのは心強い。昼食。夕食。次第に胃が重くなる。

ジャンボジェットは安定して飛んでいるときは全く静か。エンジンの音はするけれどたいして気にならない。周りの人も眠り出したので寝ようと思うのに、父の葬儀を思い出して頭が興奮状態。……葬儀は大変だったから、やはり留守中にならなくてよかった。人一人亡くなった後はなんて大変なんだろう、人生ってなんだろう、と考える。

アメリカ映画が上映され、観たい人はイヤホンで楽しめる。その画面を見ながらどれほどまどろんだだろうか。

十八時九分　ドイツ、フランクフルト空港着。久しぶりのドイツ！　列車でフランクフルトの中心街へ。中央駅で明日のマールブルク行の列車時刻表を調べた後、今夜泊るホテルへ電話連絡。

二十一時　ホテル着。スイスのウルリケに電話。久しぶりのドイツ語での電話なので心配したけれど、懐かしい声を聞いた途端、反射的に何とかドイツ語が出てくる。明日十九時十五分にバーゼル中央駅着を伝え、迎えを頼む。

九月十六日（水）曇、霧のち晴

七時三十分　朝食。ウェイトレスたちの会話を耳にした森田が、「ロシア語だね。ソ連解体の影響だろうね」と言う。こんな市井にもそんな影響があるのかと、ぼんやりの私は驚く。

九時二十一分　フランクフルト駅出発。ドイツ国鉄の車両、座席、窓ガラスが以前よりも汚くなったような気がする。窓外へ目を移して気づくのは、ドイツの国土が広いということ。村落と村落、町と町の間が広大な平野だったり、森だったり、日本では考えられない。

十時二十分　マールブルク着。きれいな、落ち着いた街。川に白鳥が悠々と泳いでいる景色が、何とも言えず美しい。街一番の高いところに聳えているお城が、今日の目的地。この城内に、ドイツの宗教改革者ルターとスイスの宗教改革者ツヴィングリが会見した部屋が保存されているのだという。急な坂道を、息を切らして登って行ったのに、なんとその城内の部屋は、長い間一般公開されていないのだという。せっかく来たのに残念だが、仕方がない。森田は決してこういうときに残念がらないで、事実を受け入れる。お城の周りを散歩して、その美しさに感嘆。

街へ戻ってリッターハウスで昼食。ブラートブルスト（焼きソーセージ）、ジャガイモ、キャベツの酢漬け、トマト、スープ、リンゴジュース。ドイツにしてはおいしい食事で四〇マルク。その後古本屋を覗いたり、絵葉書を買ったり。団体旅行ではないので、のんびりと街を散策。

再びフランクフルトへ戻り、駅のコインロッカーに入れておいたスーツケースを取り出して、スイス行列車に乗る。

十六時二十分　フランクフルト発。いよいよ十六年ぶりにウルリケを訪ねる。バーゼル駅の「動いている彫刻」の下で待ち合わせをしたけれど、本当に彫刻が見つかるのかしら？　電話をうまく聞き取れているのかしら？　少し心配。

十九時十五分　バーゼル着。ホームに降り立って、行動を起こす前にじっと考える。十六年前スイスを発つとき、この駅から列車でハンブルクに向かった。あのときは確かチューリヒからの列車を降りて、幼かった娘たちを連れて、重いスーツケースを専用の手押し車に乗せ、地下道を通って乗り換えたはず。そうそう、きっとこっちだわ……記憶を辿りながら地下道をゆっくり行くと、向こうからウルリケが手を振って近づいてくる。おもわずお互いに抱き合うと、傍に息子のヤコブがニコニコしている。ヤコブに実際に会うのは今回が初めて。写真よりもずっと可愛い、金髪、碧眼の男の子。夫のビヤキは車のところ。相変わらず背が大きいが、その上恰幅が良くなって堂々たるもの。ビヤキとも賑やかに、久しぶりの挨拶を交わす。彼らの住まいは車で二十分ほどのところ、静かな高台の住宅地。メゾネット式、八室もあるが、一部屋ごとが広々としているので全体がとても大きい。私たちは一階の客間を借りて滞在。ソファが簡単にベッドになる。部屋に落ち着いて一休みの後、二階の居間へ移動して夕食。おおこれこそスイス！　という食事メニュー。ハム、チーズを主体とした、いわゆるカルテシュパイゼ（冷たい食事）。食事は冷たいけれど、食卓は熱く話が弾む。疲れたので早めの就寝。

九月十七日（木）晴

九時三十分　ウルリケと一緒に路面電車に乗って街へ。今日の予定はカイザーアウクスト行。ライン川を船で遡るらしい、その方が面白いだろうと言って、船着き場へ行ってみる。ところが、九月十日以後は観光客が少なくなるから、船の運航は中止。再びバーゼル中央駅へ出て、列車で向かう。

十一時三十分　カイザーアウクスト着。

駅の地下道を歩いていると、突然「日本人の方ですか」、と話しかけられる。日本人の若い女の人が片方に女の子の手を引き、もう一方の手に重そうなスーパーマーケットの袋を提げている。「ええ、そうです」と答えると、とても嬉しそう。道々話をする。ご主人は大阪大学医学部のお医者さん。一週間前にお嬢さん三人を連れてこの地に着いたとのこと。右も左も分からないし、言葉も自由に話せないのでご主人の留守の間が心細いという。一番上のお嬢さんは積極的で現地の学校に喜んで通っているけれど、下の二人のお嬢さんたちは引っ込み思案なので、「日本へ帰ろう」と毎日泣いているのだという。「こんなことでこれから大丈夫なのかしら、心配です」と語る。

私は初めてスイスへ来た二十年ほど前を思い出した。一人で街へ出るとき、列車の切符を買うのもできずに心細かったし、森田が大学へ行っている間学生会館の一室で、友だちもいないまま一人で過ごすのは辛いものだった。でもそれも束の間だった気がする。すぐに友人もでき、行動も自由にできるようになり、好奇心旺盛なのも手伝って、退屈する暇はなかった。「大丈夫ですよ。すぐに慣れますよ。特にお子さんは早く慣れますから心配ないわ。私たちは今度友人を訪ね

ウルリケ夫妻と息子のヤコブ　撮影 2001 年（1992 年撮影の写真が見つかりませんでした）

てスイスへ来たのです。あなた方もたくさんの友達を作って帰国できますように！　祈っていますよ、お元気でね」。

ちょうど分かれ道にきたところで「さよなら」をする。振り返るといつまでも私たちを見ている。私たちとの出会いが、少しでも励みになるといいな。

カイザーアウクスト。ここは古代ローマ遺跡の街。ライン川沿いに前線基地の浴場跡、教会跡がある。遺跡でもいわゆる番人はいない。地下に掘り起こした処なので、電気をつけて見学するのだけれど、見学者が責任を持って電気を付けたり、消したりする。この方式が守られるのもスイス人の国民性なのだろう。表に出たところには長い城壁の跡が、ちょうど学校の校庭をぐるりと囲むようにある。子どもたちは、古代の遺跡に直に触れながら暮らしているということ。ここから二十分ほど歩いたところに、アウグスタ・ラウリカ（古代都市）。こちらには円形劇場、神殿の遺跡がよく残っている。中学生の一団が円陣になって先生の説明を聞いているので、傍へ行って耳を傾けたけれど、スイスドイツ語なので分からない。もう一つ生徒集団がいたけれど、こちらもスイスドイツ語の説明。

スイス人の言語生活はとても複雑。学校の教科書は標準ドイツ語なのに、先生はスイスドイツ語方言で授業をする。家族との話はスイスドイツ語、テレビもラジオもスイスドイツ語、ところがスイスドイツ語は話し言葉だけで、書き言葉としての文字はない。従って新聞は標準ドイツ語、と言った具合。

お天気は上々、良すぎて暑い。ブラウス一枚でも汗が出る。遺跡発掘工事現場の片隅に小さいお店を見つけてリンゴジュース、ケーキ、サンドウィッチで昼食。博物館の開館を待って入場。目の前に当時の人がどのように暮らしていたかを語る模型があるが、水道はもちろん、蒸し風呂、その湯気を使っての暖房装置など、かなり文化的な生活をしていたのが窺われる。床に施したモザイク模様の彩りも鮮明で、魚や花などがあしらわれてモダン。私たちは、この時代からどれほどの進歩をしたというのだろうか。

古代の人たちが歩いたであろう道をたどって帰路に就く。

十四時五十分　バーゼル着。バーゼル美術館へ。二十年前に訪れているけれど、今回は森田がハンス・ホルバインのエラスムス像を、もう一度見て確認したいのだという。美術館見学は知らず知らずのうちにたくさん歩く。今日は一日歩き回っていたという感じ。


十五時　留守宅の娘たちへ電話。スイスの国は郵便制度、通信制度がとてもよく発達している。国際電話も郵便局へ行くと、二十くらいのガラス張りのボックスが並んでいて、その箱の中の電話機で話すと、日本と即時通話ができる。話し終わってボックスを出てくると、受付に使用した金額が表示されているので、支払うという方式。

日本とは、夏の間は七時間の時差。とすると、いま日本は午後十時。はじめに次女が出て、続いて長女の声。良く聞こえる。「元気?　火の元、戸締り、怖い人に気を付けてね」と私。「大丈夫、うまくやっているから心配しないで」と頼もしい。

国際電話をするときのコツは、自分が話したらちょっと間を置くこと。返事が一息置いて戻ってくる。わずか二十五秒で二・五スイスフラン。これでも便利になったと思う。二十年前にはこんなに安く、また簡単に電話を掛けられなかった。一通話三分間三千円だった。三千円の価値も今よりずっと大きかったから、スイス滞在二年間でたった一度、兄から電話がかかってきたきりだったと記憶する。

（付記）スイスと日本の間の通信は瞬く間に進歩しました。

この滞在では、外国への電話専用ボックスから日本へ電話するのが一番簡単でした。

この九年後二〇〇一年にバーゼル滞在のときは、メール通信が主流になりました。時差も気にせずに、メールを送っておけばよかったですから便利です。

それから十七年後、二〇一八年のドイツ旅行中には、面白いことがありました。日本の運送会社から「本日ブドウ一箱配送予定」とメールが入りました。そこでドイツから配送先を地方に居住する次女宅へ変更しましたところ、ちゃんと次女宅へ届きました。次女宅では大喜び！　そうでもしなかったら、送付元へ美味しいブドウが戻ってしまうところでした。ドイツからそのような手配ができるとは、半世紀前とは大違いです。

十七時　ヤコブにケーキをお土産に買って、ウルリケ宅へ戻る。

八時三十分　夕食。ウルリケは結構子どもの躾に厳しい。夕食はいつもこのぐらいの時間にとり、食後に勉強をさせるのだという。宿題をしたかどうかをきちんとチェックする。八時になると、歯を磨いて寝るように声を掛ける。十二歳の男の子が、そう素直に親の命令など聞くわけがないから大変だ。

部屋に引き取ってから明日の予定を立てる。古代ローマ都市アヴァンシュ行。

二十二時　就寝。夜はもう冷えるので、暖房が自動で動いて各部屋はほどほどに暖かい。こういうところがやはり贅沢。でもこうでなければ、この地では生きて行けない。

九月十八日（金）晴

七時　朝食。ウルリケはまだ床の中。早起きが苦手な彼女は、朝の食事をよくビヤキに頼むのだという。彼女は相変わらず学生気分が抜けないいし、こういうところはすこぶる暢気。

七時三十分　ビヤキに駅まで車に乗せてもらう。アウディの高級車。十六年前にはシトロエンのポンコツ車で、坂道の途中にあった我が家の前で、「ブレーキが利かないから止まれない。降りて挨拶できない」、というのでびっくりした覚えがある。

ビヤキは結局、大学卒業後故国アイスランドへは戻らず、学生会館で知り合ったウルリケと結婚し、スイスで建築家として働きだした。現在十六人の部下を擁する事務所を運営する立場。車も二台所有。住居は家賃月額三十万円ほどの借家。月収は推して知るべし。特別贅沢をしているわけではないが、随所に豊かさが感じられる。

八時一分　バーゼル発。今回スイスを旅するにあたって、日本で「一等のスイスパス」を購入してきた。これを持っていると、スイス国内の国鉄も私鉄も市電も全部自由に乗れる。山岳鉄道は一部追加料金を払うが、それにしても便利。十五日間通用パスが三万六千百円。

一等の車両に乗りこむと、パノラマカーで天井近くまで大きな窓になっている。外の景色を感激して眺めるうち、「いい日ねぇ。古代ローマ都市見物は雨が降っていてもいいけれど、ユングフラウやアイガーは晴れていないと台無しだわ。古代都市見学は明日にして、今日はアルプス見学としましょうよ」と提案したら、同行者から賛同を得、車中で予定変更。ベルンを過ぎたころから、雄大で美しいベルナーオーバーラントが大きなガラス窓に姿を現す。懐かしさと共に眺める。

十時二十一分　インターラーケン着。

十一時八分　グリンデルヴァルト着。ここでクライネシャイデックへ行く山岳鉄道に乗るため、二十八スイスフラン追加支払。

あくまで青い空にそそり立つアイガー、メンヒ、ユングフラウの三山！

二十年前、森田がスイス政府奨学金留学生だったときに、同じ留学生たちと山登りやハイキングをして楽しんだ地。その時に政府から依頼を受けて、リーダーをしていたのがヴォルフガング・アウヴェルター。当時はまだローザンネと婚約中で、お熱いところを見せていた。一日目はクライネシャイデック登山。二日目はグローセシャイデックへ。三日目はシュレックホルンの山裾を三千メートルまで登ったのだが、これは鎖を伝って急な崖を登ったりして本格的な登山に近く、インドからの留学生など途中でへたばってしまった。まだ若かった私たち、きれいな自然の中でひたすら楽しく、登山するときも下山するときも元気がよかったのを覚えている。ヴォルフガングとローザンネは、そういう私たちの姿に強い印象を受けた様子でその後親しくなり、交友は今も続いている。この人たちとの関りがどんなに私たちのいまの生活を豊かにしていてくれることか、といつも思う。

期待は裏切られることなく、山々は往時と同じように目の前に立ち私たちを迎えてくれた。

十二時　クライネシャイデック着。見晴らしの良いところまで軽い登山。そこで持参のブドウを食べる。なんて美味しい、そして気持ちのいいことか！　広くて、大きな青空の下、雄大な山々を前にして気分は最高、芝生に座って飽くことなく三山を眺める。散策、撮影。

十三時三十二分　クライネシャイデック発。車中疲れが出てきて、せっかくのいい眺めのところを眠ってしまった。

十四時二十分　グリンデルヴァルト着。登山電車を降りた目の前にホテル・ワルター。このホテル三階西側に私たちがかつて宿泊した部屋。あの朝、部屋の窓から朝日に輝く山々の美しい姿を見て感激した思い出がある。

十四時五十分　グリンデルヴァルト発。インターラーケン乗り換え。

十五時四十分　インターラーケン発。車中で日本の友人へハガキを書く。トゥーン湖を船に乗ってトゥーンの街まで渡るため船着き場まで二十五分ほど歩く。シュピーツから乗船、湖面は穏やかに澄んで、湖水の周りの村や町が箱庭のように整っている。船上でもう一通日本へハガキを書く。一等船室レストランのボーイに「ハガキが出せるかしら」と尋ねると「僕が投函してきます」と言って、二等船室の方へ降りて行った。船の上にまでポストがあるとは！　コーヒーをゆったりした気分で飲む。束の間の休養、命の洗濯。船はあちらの街、こちらの村と何度も停泊しながらトゥーンに到着。

十八時四十四分　トゥーン発。十九時五分　ベルン着。バーンホフビュッフェで夕食。ここ数日来野菜不足なので、サラダをふんだんにお皿にのせる。レストランでの食事は楽しいのだけれど、量が多いのでいささか胃が疲れるし、サラダなども自由にたくさん食べられない。ビュッフェだと好きなものが好きなだけ選べる。

トレーいっぱいに選んでレジへ行くとレジ係の男の人が「日本からですか」と聞く。「ええ、あなたは?」と私。「どこだと思いますか」、「さあ、オストオイローパ（東ヨーロッパ）?」、「そう、どこの国だと思いますか」、「ユーゴスラヴィア?」、「そう、ボスニア・ヘルツェゴビナ」と言って、初めてニッコリした。反対に私は黙った。

あの戦火を逃れて、国を捨て、スイスへやって来て、駅のビュッフェで働く若者たち。彼らの未来はどれほどに明るいのだろうか。食事中も気になる。

十九時四十八分　ベルン発。

二十時五十九分　バーゼル着。

二十一時三十分　ウルリケ宅。疲れたのでウルリケとの話は早々に切り上げて、自分たちの部屋に入る。私たちが借りている部屋は玄関を入ったすぐ右手。セミダブルベッド、スチール製の洋服ダンス。大きな木の机、椅子が二脚。部屋を出た廊下の反対側に浴室、トイレ。洗濯機も自由に使えるので、長い外国生活なのにいつも清潔でいられるのは嬉しい。洗濯物は戸外には干さないで、地下室にひもを何本も張り渡して、それに吊るしておく。乾燥しているので、特別厚手のものでなければ一日で簡単に乾く。湿気の多い日本とは違う。

九月十九日（土）晴のち曇

十時〇一分　バーゼル発。

十一時十二分　スイスの首都ベルン着。さすがに駅前も賑やか。車がバーゼルの街でみるよりもずっと多い。駅前から路面電車に乗ってベルン歴史博物館へ。国会議事堂の前の、アーレ川に架かる橋脚の高い橋を渡ったところにある。「歴史博物館」と銘打つだけあって古代から中世を経て近代まで、ありとあらゆるものが陳列されている。私たちはお互いに、自分の興味のあるところを見学。私の一番のお気に入りは、十六、七世紀の人々が住んでいた部屋をそのまま移築してあるところ。陶製の大きい暖炉は、いかにスイスの冬が寒いかを如実に語っているし、その暖炉に描かれた絵は当時の人々の生活ぶり、愛玩動物、観葉植物が分かる。部屋の中央に置かれた頑丈な木のテーブルや椅子、それに彫られた彫刻も当時の生活様式を語っている。また、子ども部屋に「おままごと」などを見つけて楽しくなる。

十三時　博物館を出る。さっき路面電車で渡った橋を、今度はぶらぶらと歩きながら街の方へ戻る。歩いてみると軽い坂道。橋の真ん中ほどのところで下を覗くと、恐ろしいほどの高さに驚く。川を行き交う船が小さく見えるほど。こういうことも自分の脚で歩いてこそ気づくもの。ミュンスター（大聖堂）の横の庭園で昼食。「ギリシア風サラダ」、これは直径三十センチもあろうかという大皿にサラダ菜を敷き、その上に茹でポテト、人参、キュウリ、チーズ、レーズンなど、いろいろなものが盛り付けてある。一皿で充分に二人前。周りの風景を楽しみながら昼食。と、一緒の席に座った若い夫婦の息子がやんちゃ坊主で、私たちのパンを断りもなく食べ出したのにはびっくり。スイスではこういうとき、どういうように躾けるのか観察。一度目は目で叱ったが何も言わなかった親が、子どもが二度目に手を出したとき、「それはあなたのパンではないのよ」とたしなめる。私が咄嗟に「いいのよ。ビッテ　シェーン（どうぞ）」というと小さく「ダンケ（ありがとう）」と言って、子どもは口に運んだ。こちらがくつろいでコーヒーを飲みだすと、親子連れが「あの、パンをもっと召し上がるのでしたら注文します」と声を掛けてきた。「いいえ、もう私たちは充分です」というと、「ありがとう、シェーネン　ターク（さようなら）」と言って去っていった。特に子どもを叱るわけでもない。爽やかな思いが残った。

十四時十分　ベルンのミュンスターを見学。ここのステンドグラスを写真撮影するのも、森田の今回のスイス訪問目的の一つ。石造りの冷たい教会の中に、午後の光を受けてステンドグラスが柔らかい光線を投げている。歴史的にとても貴重なものなのだそうで、ここでたっぷりの時間とフィルムを費やす。ミュンスターを出てから古本屋さんを覗く。連れが本屋へ入ったらなかなか出てこないから、私は一人で街を見物。一国の首都らしく賑やかな上、商店の飾り付けが洗練されている。若者ファッションもそれぞれに個性的。それでいて、中世の名残の街にマッチしている。見物を済ませて本屋へ戻ると、連れはまだあれこれ物色中。「今日は夜パーティがあるのよ。早く帰りましょうよ」、と急き立てて駅へ向かう。

十六時四十八分　ベルン発。

十八時三十分　ウルリケ宅へ帰着。今夜は旧友たちとのパーティ。二十年前、チューリヒ郊外の学生会館で共に過ごした森田の友人たち。大学卒業後さまざまな人生を歩き出したが、今回ウルリケとビヤキの呼びかけによって、一堂に集まることになった。森田のスイス訪問に合わせて

旧友との談笑　撮影 2001 年（1992 年撮影の写真が見つかりませんでした）

集合をかけたという。二十年ぶりの友人たちは、少し髪の薄くなった人もいるけれど、昔の面影が残っていて懐かしい。一人ひとり二十年の歳月の過ごし方と、今の生活を身体に滲ませながら握手してくれる。庭先のテーブルを囲んでワインで再会を祝った後、居間の大テーブルに席を移して食事。食卓にはフランスのチーズ、イタリアのチーズ、スイスのチーズ、ヤギのチーズ。それにハム、ソーセージ、果物がどっさり。話は盛り上がって留まるところなく、食事は進み、賑やか……。

☆ペーター・シュスター　とても好男子だった。その思い出があるせいか、彼に一番年月を感じた。相変わらずいい顔立ちだがやはり歳月には勝てない。数学者になるためまだ勉強中。

☆クリスチャン　建築家。出身はオーストリア。彼はバロン〔男爵〕の由。ひげを蓄え、ネクタイ背広姿できちんときめている。元気がよくて、大声でよくしゃべる。ときどき冗談を入れたりもするので、なかなかドイツ語が分からない。かといって「今のところをもう一度」なんていうのは不粋極まりないし……。

☆レットー　相変わらず髪がちぢれている。若いときはおとなしくてあまり話さなかったが、それも変わらない。隅の方で静かにしている。

☆アンドレアスとユディット　アンドレアスは保険会社に勤務。ユディットは中学教師。先生をしているだけあってドイツ語が分かりやすいので、私は主に彼女と話す。土曜日の学校休校についてはスイスでも目下検討中。子どもは喜ぶけれど、親が渋るのだという。日本と似ている。教師の服装については、スイスでは全く自由で、派手なものでも大丈夫だという。日本もその点、この頃では変わってきたように思う。先生は家に帰ってまでやることがあるので忙しい、というのもどこの国も同じだと思った。

☆ルース・マリア　ドイツ人、牧師。職業柄から真面目。彼女がこれまでに出会った悩める人たちのことを語っていた。彼女は牧師、真面目な人だけれど、服装が自由で大胆、スカートがかなり上の方まで割れている。スタイルがいいから着こなせる、羨ましい。

☆コンスタンチナ　カウンセラーをしている。足が多少悪かったのでよく覚えている。ギリシア出身で彫りの深い顔立ち。スイス人と結婚してスイスに在住。仕事がとても忙しいのだという。よく気の付く人だということに、この夜気づく。

☆ユルク　彼とは学生会館に住みだして間もなく知り合いになった。中国語を学んでいて、十二、三年前彼が中国での留学を終えて帰国するとき、日本へ立ち寄った。六年ほど前ユダヤ人のディーナと結婚。今は四歳になる一人娘のハンナがいる。話はもっぱら娘のハンナのこと。母親（母語はヘブライ語）がフランス語を話すので、今のところフランス語しか話せないのだという。娘のフランス語の語彙はとても豊かで、大人でもうまく使いこなせない言葉を上手に使うと、子ども自慢に花が咲いた。

パーティでの話は勢いを帯びて留まるところがない。十二時ごろになって、私はどうしても眠くなる。そーっと抜け出してベッドにもぐりこむ。後は何も知らず。

九月二十日（日）晴

毎日出歩いていては疲れるので今日は休養日。旅行中なので体調にはよく気を付けたい。

十三時　ウルリケの車でバーゼル郊外のドルナハへ。彼女の運転はビヤキよりも乱暴で、スピードは出すし、はらはらしてしまう。だいたい彼女は若いときから元気がいい。そのくらいの性格でなければ、ドイツ語の分からない日本人の私と友だちになろう、なんて思わないはず。二十年前学生会館で一人ぽつんとしている私を見て編み物をしよう、とか、お祭りに行こうとか誘ってくれた。そして生きたドイツ語を教えてくれた。もっとも、彼女もドイツからの留学生だったので、あまり友だちもいなくて寂しかったという事情も手伝っていたようだ。私は彼女のお陰でドイツ語を覚えた。彼女の使う言葉をすぐに真似をして使ってみたり、聴いた言葉を辞書で調べて書いたりして勉強した。別れるころには本当にいい友人関係になったから、帰国してからも私はウルリケには自分の消息を良く知らせた。手紙を読むことも書くことも即ドイツ語の勉強だったと思う。

そんなことを考えているうちに、車はアウトバーンを降りてドルナハの街へ。緑の美しい景色を見ながら走っていくと、ゲーテアヌムに到着。あのシュタイナーが設計した巨大なコンクリートの建造物が現れる。シュタイナーは教育家であったばかりでなく、建築設計もした。最初に粘土で形を作って、それから建築家に指導を仰いだのだという。変わった建築が周りに点在。散歩するうちシュタイナーとは正反対のバロック式教会を見学。その対照的なのが面白い。

十五時四十分　バーゼルの街へ戻って、ここでも歴史博物館見学。私にとってはどこも似たような博物館だけれど、連れには新しい発見があるのだろう。帰り際、カタログをいっぱい買い込む。カタログや本は郵便で日本へ送る予定。
バーゼルのミュンスター広場でアイスクリーム。日曜日のせいか家族連れの散歩姿が目立つ。日本人の家族連れも二組ほど。ウルリケ宅へ戻ってから本の発送準備。

九月二十一日（月）晴
八時〇一分　バーゼル発。途中ベルンとケルツァースで乗り換え。
十時十分　アヴァンシュ着。ローマ時代の遺跡見物。駅に降りたのは私たちだけ。人気のないつま先上がりの道を行くと中世の街、城壁。すぐそばにはコロセウム。こんな片田舎に、なんて大きな建造物を作ったのだろう。ローマの権勢が大きかったことを物語る。コロセウムの脇に立つ博物館へ。見学者はやはり私たちだけ。掘り起こされたお金、指輪、ネックレス、石柱などをゆっくり見学。神殿跡を見ながら野中の一本道を歩いて行くと突き当りに劇場。大きな石が高く積み上げられて半円を描いている。どんな野外劇が上演されたのだろうか。振り返ってアヴァンシュの街を見ると、小高い丘の上にひっそりとした佇まい。うっすらともやがかかった中に浮かんだ中世の街。一段と高い教会の塔。この景色を見るために、はるばる日本から来たのかもしれない。

十二時三十分　パイェルヌ着。ここではロマネスク様式の教会を見るのが目的。教会はすぐに見つかったが、重い木の扉はびくとも動かない。十二時から十四時まで教会は閉まる、と書いてある。スイスでは往々にしてこういうことが起こる。受付の人のお昼休みというわけ。仕方がない。駅へ戻ってレストランで食事。

レストランは空いている。ここではすべてがのんびりムード。レストランでもメニューがなかなか出てこない。やっと注文すればお料理が出てこない。こういう時は自分ものんびりするに限る。悠然と待っていると、出てきたものはオリーブオイルの中にお米が泳いでいる（?）という感じ。連れはラビオリを注文したのだけれど、脂っこくて食べられないとぶつぶつ言う。私たちの胃袋にたっぷりのオリーブオイルは合わないようだ。

食事がのんびり運ばれてきたので、教会へは都合のいい時間に到着。受付の小父さんはバイクに乗って駆けつけてきた。スイスの田舎の風景！　楽しい！

十四時五十五分　フリブール着。街角の郵便局で娘たちへ電話。もう寝るころだけれど、受話器の向こうにすぐに元気のいい声が響く。「大丈夫！　元気よ……」という答え。たとえなにかあったとしても、こんなに遠くにいたのではどうしようもない。それでも電話をするとは、なんて親ばかかな！　と分かっていても電話したいこの気持ち。

ここフリブールは、森田が初めてスイスへ留学したとき語学講習で三か月滞在した地。結婚後すぐのことで、ここへ何通も手紙を書いた思い出がある。坂の多い街。森田が住んでいたユスチヌスハイム（学生会館）訪問。現在、森田の後輩野々瀬氏が留学中。受付で彼を呼び出してもらうと、森田がスイスへ来ていることを知らない彼は、驚いて飛び出してきた。その証拠に靴の紐が結べていなかった！　朝から晩までドイツ語の勉強で大変だと言う。夢に向かって頑張る若者を見るのは楽しい。身体を大切にして勉強に邁進してほしい。束の間の語らいを、二人とも楽しんだようだ。駅まで送って来てくれる。

十七時二十分　フリブール発。乗り換えを一度して

十八時五十九分　バーゼル着。

明日からは二泊三日のサン・モリッツの旅。

九月二十二日（火）曇　小雨

五時四十五分　起床。朝食は駅で。

七時〇七分　バーゼル発。南下するにしたがって雲が垂れ込めてきた。お天気には恵まれそうもないけれど、霧の中を走る電車の窓からの眺めは美しい。霧はどんどん深くなる。

私は昔を思い出す。

はじめてチューリヒ・クローテン空港に到着したとき、霧が深くて何も見えなかった。そしてそれから来る日も来る日も、宿舎の周りがどうなっているか分からないほどの、濃い霧に閉じ込められた。とても侘しかった思い出。

そうこうするうちルツェルン到着。

八時二十八分　ルツェルン発。独特の形をしたピラトゥス山が見えてくる。幼かった娘たちを連れて大きなゴンドラで登った山。山上では、大変な暑さで子どもたちがスリップ姿になっている写真がある。二人がアルペンホルンの傍に立って、満足そうな顔の写真を思い出す。

湖の反対側にリギー山。あの山へも子どもたちを連れて行った。麓に駐車した車のライトを消し忘れ、登山鉄道の車掌さんにライトを消すのを頼んだのだった。山上で楽しんで再び麓に降りて、いざ帰ろうとすると車のエンジンがかからない。ちょうど緩い下り坂のところで、私が後ろから押して走らせ、森田がエンジンをかけることになった。とはいっても、我が力ではどうにもならない。スイス人の青年が、見かねて「押してあげましょう」と手伝ってくれたため、やっと走り出した。あれ以来、私は「下り坂」というところを省略して「私は車を押して、エンジンをかけるの手伝ったことがあるのよ」と自慢することにしている。

ルツェルンからの電車は、線路の中央に歯車が付いている登山電車。ゴトン、ゴトンと異様な音がする。霧も晴れてきて周りの山々がよく見える。途中にたくさんの小さい集落を見る。のどかで羨ましいと思うけれど、いざここに住むとなると冬の寒さは厳しいだろうし、雪は深いだろうし、などと思う。

九時四十一分　マイリンゲン着。ここでポストバスに乗り換え。このバスでグリムゼル峠を越える計画。峠でピクニックの予定。すっかり用意をしてバスを待っていると一陣の風が起こり、にわかにお天気が悪くなった。峠の景色は楽しめないかな？

十時二十分　マイリンゲン発。バスはほぼ満員。私たちは後部に座席をとる。峠を登るときに後部座席は多少怖いけれど、道のうねりや、眼下が楽しめる。

十一時十五分　グリムゼル峠着。生憎雨が降っていてピクニックができない。トーテンゼーに臨むレストランに入って、スパゲッティナポリターナを楽しむ。食事の間も外は雨。

私たちは、よくよくここでは雨に祟られるらしい。そう、この峠ではほとんど恐怖に近い思い出がある。よくぞ命を落とさなかったと思う。二人の子どもを連れて、あの時も雨が降っていた。今日のコースとは反対に、オーバーゴムス側から登った。中古のフォルクスワーゲンの性能は良かったけれど、そして森田の運転の腕前も決して下手ではなかったけれど、麓から登る道路を見上げた時は足が震えた。ほとんど垂直の山肌をへアピンカーブの道が目の前に立ちはだかったのだ。ここを通るのを避けたいと私は思った。遠回りしたら今日のうちにこの山を越えられないと森田は言う。車はそぼ降る雨の中を登り出した。今日見るように路肩もしっかり整備されてなくて、ガードレールもなかった。カーブするたびに「落ちる！」と肝を冷やしたし、対向車が来たときなどぞっとした。森田はハンドルにしがみつき、無言で運転に命をかけているし、子どもたちは知らぬが仏でしりとりをして遊んでいる。わたしは黙ってぶるぶると震えていた。

途中で振り返ると、長い車の列が私たちの後ろにできている。その焦りも生まれてきて、生きた心地がしなかった。やっと頂上の開けたところに到着、車を脇に寄せると、それまで我慢して私たちの後をついてきた車が、ビュンビュンと追い越していく。スイスの人たちは山道の運転に慣れているから、このような峠道でも難しくないのだろう。一休みしてから、暗くならないうちにルツェルンへ着くようにしようと出発。ところが、それまで糠雨だったのに、今度はザーザー雨で、車の屋根が抜けるのではないかと思うほどのどしゃぶり。滝のように山肌から雨が流れ落ち、前に進もうにも道路が見えない。峠を越えて下りの道路はそれほど険しくはないようだけれど、この雨の中、前後に車の姿も見えず再び私はおびえだす。道路の片隅に車を止めて、しばらく雨のやむのを待ったときの心細さが忘れられない。森田はそれほど心配していないのかと思ったけれど、帰国後『スイス　歴史から現代へ』（刀水書房刊　一九八〇年）の中にこのときの体験を書いている。「……スイスの自然はときとして厳しく峠越えなど命がけのときがある」と。

さあ、そのヘアピンカーブを今日はポストバスで下って行こう！

十二時〇五分　グリムゼル発。かつて私が恐れおののいたヘアピンカーブを、バスはするりするりと曲がりながら走る。バスが曲がるときには「トテトテトー」と独特の警笛を鳴らして、登ってくる車に曲がり角の手前で待つように知らせる。今日の天気はあのときよりは少し良い。麓の村落が小さく見える。真っ逆さまに落ちそうだが、今日は怖くない。

フルカ峠の麓に十二時四十分着。これからフルカ峠を越える。登っていくにつれてローヌ氷河が近づいてくる。この氷河はもっと麓まであったのだけれど、地球温暖化現象でだんだん後退してしまったのだという。フルカ峠の頂上でバスを降り、氷河の近くまで行ってみる。青白くて不気味な氷河から吹き付ける風が冷たく、長い間外に立っていられない。急いでバスに戻る。雨もここでは止んで景色が素晴らしい。アンデルマットまでは楽しいドライブ。曲がりくねった細い道での大型バスのすれ違いはちょっとスリリングだったけれど、今日は天下のスイス・ポストバスの運転手だから、何も心配しなくていい。

十四時十八分　アンデルマットへ着くころ再び大雨。ここで氷河特急へ乗り換え。この電車はサン・モリッツからツェルマットまで全長二八九・四キロ、標高差約一六〇〇メートルを走行。途中に谷あり、林あり、緑の牧草地、鉄橋、トンネルは数知れず、何より楽しいのは沿線に点在する小さな村々の姿。私たちは今回何の予定も立てず、夕方になって到着した駅で下車、宿泊の予定。

この鉄道の最高地点オーバーアルプパスへーエ（二〇三三メートル）を通過するとき窓を開けると冷たい空気が入ってくる。すれ違った電車が、私たちの電車が通過して来たトンネルへ入って行くところが、なかなかいい風景。乗客が一斉にカメラのシャッターを切った。
しばらく走ると鄙びた駅に停まった。窓外に子どもたちが遊んでいて、私たちに気づくと「シノワ（中国）？ ヤーパン（日本）？」と聞いてきた。窓を開けて「私たちは日本から来たのよ」と答える。「遠いの？ どのくらい時間がかかるの？」と、一人の子がたたみかけて聞く。「あのね、飛行機乗り継いで十六時間くらいかかるのよ」と私。「ふーん、遠いんだね」と子どもたちは遠くを夢見るような顔をして頷いた。スイスの片田舎の子どもたちは、束の間広い世界を垣間見たのだろう。もっとも、私たちが大きな声で窓外の子どもたちと話しているので、同じ車両に乗り合わせた人たちには筒抜け。「飛行機で十六時間」と言ったときにはなんとなくため息というか、感心というか、そんな類の声が漏れた。やっぱりこちらの人には、日本は遠い地なのだと改めて思う。列車が走り出した。「元気でね」と子どもたちと手を振って別れる。
十五時二十六分　ディセンティス着。ここで各駅停車に乗り換え。
十六時　トゥルン着。日本でおなじみの絵本作家アロワ・カリジェの住んでいた地。安野光雅さんがこの地を訪れて、ここの景色を描いている。その絵がロマンを感じさせ、訪れてみたいと考えていた。小さな村は小雨の中でひっそりとしている。道を行き交う人もまばら、それなのに、いいえ、それだからなのか、村の中央の道を車がすごいスピードで走り抜けていく。スルシルヴァン美術館は村はずれ。重そうな扉に「四月十五日～十一月十五日まで　月、水、土（午後）開館」とある。うーん、今日は火曜日だから閉館ということ。去年ここの美術館の作品が日本橋三越で展示された。それを見学しているからいいとしよう。

もう一度村の中へ戻り、外壁に大きく描かれたカリジェの作品を鑑賞。道路から少し奥まったところに小さな教会を見つけ、彼のお墓を探す。どのお墓も似ていて、その上カリジェという名前はたくさんあって、どれが目的のお墓なのか分からない。諦めて戻ろうとすると若者に出会う。彼に尋ねると「僕に付いていらっしゃい」と墓地へ入って行く。教えて貰ったお墓は、なるほど分かりにくい。決して特別大きいわけではない。花に囲まれていることだけが特別。碑文はこの地方の公用語ロマンシュ語で、「安らかにお眠りください」ほどの意味が書いてあるのだと教えてくれた。小雨はまだ降っていて、

カリジェのお墓　撮影1992年

周りの山々が雨に煙っている。この風景をカリジェも眺めたのだろうか。
十七時〇五分　トゥルン発。途中ライヒェナウで下車してホテルを探したけれど、やっと見つけたホテルが休業とある。これでは野宿しなくてはならない。そぼ降る雨の中で野宿するなど不可能。もっと先へ行こうとトゥージスまで。駅の案内で聞くとこの街にはホテルは三、四件あるという。ここは駅が谷底にあり、街へはエレベーターで昇る。地上はすこぶる賑やか。最初に出会ったホテルに決める。スイスのホテルのいいところは、どんな田舎へ行ってもきれいなこと。整った部屋、清潔な浴室、トイレ。すぐに靴を脱ぎ廊下へ出す。こうしておくと、夜の間に磨いておいてくれる。なんの束縛もない暢気な旅。ゆっくり過ごした後、ホテルの便箋を使用して子どもたちへ便りを書く。どうしているかな？

九月二十三日（水）小雨　曇　小雨

起き抜けにシャワーを浴びる。朝夕にシャワーを浴びるなんて、日本にいたら毎日できない。いつも部屋全体が暖かいので気持ちがいい。
七時　朝食。自分で自由に欲しいものをお皿に取ってくる。お皿に取ったものはともかく残さないのが礼儀。スイスの朝食のミルヒカフェーが大好き、たっぷり飲む。

八時五分　トゥージス発。ポストバスで十二分。ヴィア・マーラへ。ヴィア・マーラとは、ロマンシュ語で「悪い道」を意味するのだという。道の両側に二百メートルほどもある峡谷がそそり立ち、谷底を見ると、ライン川の源流が青緑色をして勢いよく岩にぶつかり、しぶきをあげている。その昔、ローマへ行き来する人たちにとっては難所で、沢山の人がここで命を落としたという。ゲーテがここのスケッチを描いている。

バス停留所のキオスク横から階段を下りて行く。二六〇段近い階段があるのだそうだけれど、なんだか地獄の底へ下りて行くようで気持ち悪い。私たちのほかに見物客はいないし、雨が降っている。川の流れる音が谷底にこだまして、不気味な水の色も相まって恐ろしい。

八時四十六分　ヴィア・マーラ発。バスの運転者さんが振り向いて「どこへ行きますか」と確認する。「ツィリスへ」と答えると「ヤーボール（分かりました）！」と大きな声で返事をして、走り出した。これから先には特別な観光地はないから、確かめたかったのだろう。

九時　ツィリス着。目指すはザンクト・マルチン教会。村の中の道を迷いながら到着。重い扉を押して入ると国宝級の天井画があるが、誰もいない。「パンフレット代をどうぞ入れてください」と紙に書いてあり、傍にかぎの付いた小さい鉄の箱があるだけ。こんな僻地へ見物人も来ない。わざわざ見物に来る人に悪者はいないのだろう。パンフレット代を少し弾んで入れる。脇に手鏡が重ねて置いてある。鏡は凸レンズになっていて、これで天井を覗くと天井画の細部までよく見えるし、首も疲れない。キリストの誕生から、十字架に架けられるまでの一生を描いてある。一つずつ見て行くと、途中で相棒がパンフレットの解説が間違っているのを発見！　三、四か所ミスを見つけて、だんだん楽しくなってくる。私たちの見学中に入ってきたのは、たった一人女学生風の人のみ。まだまだ知られていない観光地。帰路の村道は、馬や牛の糞が雨に濡れて異様なにおいを放っている。滑らないように、細心の注意をして歩く。

（付記）ツィリスのザンクト・マルチン教会の天井画。二〇〇一年に再訪したときは、教会までの道は、村内の道を避けて田んぼの中に教会までの舗装道路が新しく作られ、教会入り口には受付があり、入場料が必要でした。十年間の間に観光地化が進んだのでしょう。

十時二十六分　ツィリス発。バスの運転手さんが往路のバスと同じだった。

十一時二十五分　トゥージス発。再び氷河特急に乗車。時間節約のため車中で昼食。ビュンドナーフライシュを挟んだサンドウィッチ、それにリンゴジュース、デザートにリンゴ。異国での旅だからできること。こちらではこういう風景をよく見る。食べた後ごみを残さず、きれいにしておくのが礼儀。

十二時五十八分　サン・モリッツ着。ポストバスに乗ってシルヴァプラーナ湖へ。ここがいつか行ってみたいと思っていた場所。実際来てみると、森田の写真でみたように美しい。湖が鏡となって、周りの景色を映している写真が記憶に残る。残念ながら雨が降っているので、雪を頂いた山々は鏡の中にはない。晴れていたらどんなにきれいだろうかと思いつつ、湖の真ん中を渡る橋をコルヴァッチの麓の方へと進む。手持ちのパンくずを水鳥たちへ投げて遊ぶ。鳥たちの世界も厳しい。威張っている鳥、素早い鳥、臆病な鳥、うすのろな鳥、と性格がよく分かる。鳥に餌をやる間は日本語でいいから気が楽だ。ここの鳥はドイツ語やロマンシュ語しか分からないのかしら？　戯れているうちにパンが底をつく。急に風と雨の冷たさが身にしみ出す。目の前に立つお城へ近づくと立札。「私宅につき立入禁止　猛犬注意」住んでいる人はどんな人かしら？　お幸せかしら？

湖の反対側からユーリア峠の方を見ても、霧で何も見えない。お天気の悪いのはどうしようもない。森田はきれいな写真が撮れるような、いいお天気の日に来て、美しい風景を満喫している。今回は私の願いを聞いて連れてきてくれた。私だったら「もう一度行ったから、今度はほかのところへ行きたい」と言うだろう。そこが私と違う気がする。帰り道「もうここへは来ないと思う

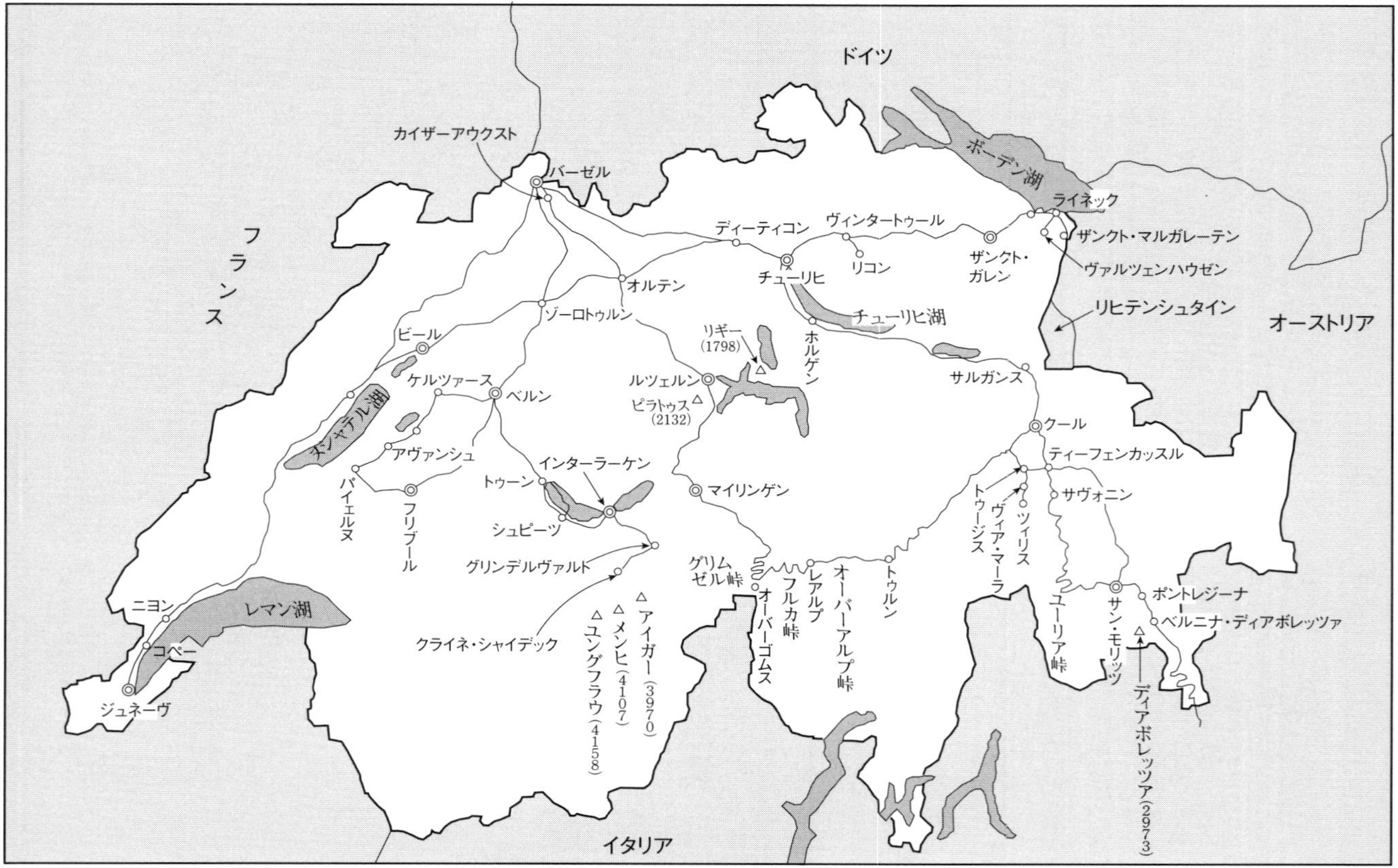
ドイツ
フランス
オーストリア
イタリア
カイザーアウクスト
バーゼル
ボーデン湖
ライネック
ザンクト・マルガレーテン
ヴァルツェンハウゼン
リヒテンシュタイン
ディーティコン
ヴィンタートゥール
チューリヒ
リコン
ザンクト・ガレン
オルテン
ゾーロトゥルン
チューリヒ湖
ホルゲン
リギー (1798)
ビール
ルツェルン
ピラトゥス (2132)
サルガンス
ケルツァース
ベルン
ヌシャテル湖
アヴァンシュ
パイェルヌ
フリブール
トゥーン
インターラーケン
シュピーツ
グリンデルヴァルト
クライネ・シャイデック
アイガー (3970)
メンヒ (4107)
ユングフラウ (4158)
マイリンゲン
グリムゼル峠
オーバーゴムス
フルカ峠
レアルプ
オーバーアルプ峠
トゥルン
クール
ティーフェンカッスル
トゥージス
ヴィア・マーラ
ツィリス
サヴォニン
ユーリア峠
サン・モリッツ
ポントレジーナ
ベルニナ・ディアボレッツァ
ディアボレッツァ (2973)
ニヨン
コペー
ジュネーヴ
レマン湖

スイスの地図

から、さっき湖で小石を拾ったの」と、かじかんだ手の中に握りしめていた小石を見せると、森田が「分からないよ。僕も十年前、もうここへは来ないだろうと思ってたくさん写真撮ったけれど、またこうして来ているもの」と言う。そうか、そういう発想の仕方こそ大切。「また来よう」と願っていると、叶えられるのだろう。旅をすると相手の思わぬ面に気づく。もちろん発想の違いは痛いほど感じてはいるけれど、改めて発見することが多い。

例えば、どこかで教会を訪ねるとき、私は地図を見るなり、駅の案内板を見るなり、または人に尋ねるなりして、その場所をきちんと把握し、真っすぐにその教会へ行こうとする。そのようにして、道を間違えず目的地へ着くのが私の喜びでもある。ところが森田の考えは違う。彼は地図や案内板は見たとしても、決して人には聞かない。たとえ道を間違えて遠回りをしても、それだけたくさんのものが見られるではないか。他の人とは違った発見があるかもしれない。だから慌てて目的地へ行かなくともいいのだ、という考え。若いときはそんなことでもよく喧嘩をしたけれど、銀婚式を迎える歳月を共に暮らしてみればなんとなく認め合える。違う意見を聞くと、なるほどどと受け入れるようにしている。

十五時十五分　シルヴァプラーナに別れを告げて、サン・モリッツへ戻ってセガンティーニ美術館へ。サン・モリッツの街は湖から急な斜面に向かってひらけたところ。どこへ行くにも坂道を登らなくてはならない。セガンティーニ美術館も一番見晴らしのいいところ、つまり高いところにあるので、登るのが大変。休みながらなんとか辿り着く。中に入ってみると日本語で案内が書いてある。よほど日本人が来るのだろう。セガンティーニはイタリアに生まれ、孤児になったが努力してミラノの美術学校に学ぶ。その後アルプスの自然に惹かれて、サヴォニン村の外れに住んで絵を描いた。村人は誰も相手にしなかったが、たった一人の村娘が彼に親切にしてあげたという。この村娘の努力でそのうちに村人とも親しくなり、サヴォニンの村にずっと住み続けたという。彼はスイスの風景を沢山描いている。この美術館にはそれほど多くの絵は展示されていないが、大作が堂々と陳列されている。喘ぎながら辿り着いたご褒美！

十七時二十分　ポントレジーナ着。ホテルを探す。目の前のエンガディンホーフに決める。広い部屋、清潔な浴室、ゆったりしたベッド、ゆっくり休めそう。

九月二十四日（木）曇

七時起床。窓から外を見ると雨は降っていないが山々は雲の中。これではせっかく山へ行っても何も見えない。計画を変更すべきか迷う。

朝食にコーンフレークスの上に缶詰の桃、ミカン、パイナップルなどを乗せて食べる。なかなか美味しい。後から入ってきたドイツ人青年たちも、同じようにして食べている。彼らのドイツ語がとてもきれいに響く。

ホテルを出発。歩きながら、計画を変更すべきか否かまた迷いだす。森田が「今更迷っても仕方がない、山の上は晴れているかもしれないよ。賭けよう！」という。

八時五十二分　ポントレジーナ発。ここからの沿線の風景は一段と険しく、雄大となる。幸い次第に雲が切れて陽が差し始める。雪を頂いた山が見えてくる。

ベルニナ・ディアヴォレッツァ駅は山ふところの拓けたところにぽつんとあり、降りたのは私たち二人だけ。スキー場として有名なところだが、今はシーズンオフなので静か。ディアヴォレッツァ展望台行一〇七人乗りゴンドラへ乗り換え。こちらもお客は私たちだけ。切符売りの小父さんに「山の上のお天気はどうかしら……」と聞くと、「そこそこ」と言ってにこりともしない。「当たり前だ」と森田に笑われる。「いい天気だ」と答えて実際に悪かったら困る。それにお天気は常に変化するのだから。大きなゴンドラに係の人が一人、乗客はまた私たち二人だけ。出発地のゴンドラ駅が次第に小さくなってきた、と思ったら霧の中へ突入してしまって何も見えない。その霧のドームを抜けたらなんと、パッと視界が開けて青空を背にベルニナ山が現れた。それまで黙っていた同乗の係の小父さんが、「ああ、きれいに見えるなあ。あれがベルニナ、よく見えてよかったねぇ」と声を掛けてくれる。ゴンドラはゆっくりと展望台駅へ到着。昨夜降ったという雪に、足を取られないようにしながら東へ回ると、なんと雄大な！　目の前に雪を頂いた山々が、ズラリと並んで私たちを歓迎している。まさしく私たちを！　というのは見学者はほとんどいないのだから。左からピッツ・パリュ、ヴェラヴィスタ、ピッツ・ベルニナ、足元には巨大なペルス氷河が横たわっている。こういう自然を見ると神の存在を思う。絶景を前に嬉しくてあちこち歩き、雪山を背に写真をたくさん撮る。レストランの大きなガラスが特殊加工の色付きガラスで、外から中は全く見えないが、鏡のようになって私たちの姿を良く映し出している。二人の旅はいつも一人ずつしか写真に撮れないが、ここでなら二人一緒に雪山を背にして写せるではないか。周りに誰もいないのを幸い、レストランガラスの方を向いて記念撮影。ひとしきり楽しんで、身体が冷えてきたのでレストランの中へ。入ってみて驚いたのなんの！　先生に引率された小学生の一団が社会科見学に来ていて、くだんのガラス越しに山を観察している。私たちは彼らの目前で滑稽なことをしていたのだ！　日本人役者に彼らは満足したかしら？　子どもたちの目が、自分たちの方に向いているように思ったのは自意識過剰？　紅茶とケーキで一休み。遠い日本のことをちらりと思う。ああ日本へ帰るのが嫌だなあ。

展望台からベルニナ・ディアヴォレッツァ駅へ降りて、再びサン・モリッツへ。湖水の周りを少し散歩。スイスの人たちは散歩が好きで、休日は必ず散歩をする。散歩道がよく整備されていて、湖の周りを巡る道があり、ご夫婦同士、恋人同士、腕を組み、ゆっくりと語らいながら散歩。目を凝らすと、あちら側の岸辺を真っ赤な洋服の婦人と紳士が歩いている。秋を迎えた木々の中、赤色がとても素敵。旅は名所旧跡を見るだけではない。美しい景色を楽しみ、異国の生活に直に触れることも大切だろう。

十三時三十五分　サン・モリッツ発。ポストバスでユーリア峠を越える計画。二時間ほどのバスの旅なので飲み物を買おうとお店を探すのだけれど、本来サン・モリッツは高級リゾート地なのでスーパーは見当たらない。毛皮のお店、高級時計店などが並び、値札には驚くほどの数のゼロが並ぶ。飲み物は諦めてバスに乗ると、乗客は私たちのほかにもう一組のご夫婦。話しているドイツ語がきれいなことから、ドイツ人らしい！　バスはユーリア峠を登っていく。グリムゼル峠を見てしまったら、ほかの峠はそれほど驚くに当たらない。とはいえ道路両側にそそり立つ岸壁は急峻。バスが向きを変えるたびに背にしているコルヴァッチの山並みが、右に左にと姿を変えて現れる。峠を越えるとまたくねくねとした山道。山腹を走ったり、谷を走ったり、川沿いを走ったり、スイスの山ふところの景色を堪能できる。セガンティーニが暮らしたサヴォニン村を通過。ここにも特別の思い出がある。

かつてスイス政府の留学生たちが、家族も一緒にサヴォニンで一週間ほどスキーを楽しんだ。私もスキー学校へ入って習った。だから「スキーはどこで習ったんですか」と聞かれると「本場スイスで」、と言うことにしている。スキー学校ではプログラムに沿って練習を進める。初めの年は初級、熱心に学んで終わりには、ボーゲンでかなりの急斜面を滑れるようになった。

それに気を良くして翌年に、私はこともあろうに中級クラスに入った。若い女の先生は厳しく、初日から山の頂上までリフトで登って、一日掛けて麓まで滑り降りてくる。途中、一か所急斜面で足がすくみ、仲間全員が降りてしまったのに、丘の上に取り残されてしまった。先生がイライラしているのが冷たい空気を通して伝わってくる。先に滑り降りた森田は「大丈夫だからボーゲンで降りておいで」、と呼んでくれる。日没も近い。早く降りないとみんなに迷惑を掛けるという焦りはあるものの、どうしても怖くて滑れない。情けなくて涙が出てきたっけ。覚悟を決めてうんと斜めに、何度も曲がりながら降りた。降りてから上を見ると、足が再びがくがくしたのを覚えている。

これに懲りて、翌日からは初級のクラスへ逆戻り。今度は若い男の先生で、とても忍耐強く待ってくれるし、陽気なのがありがたい。コースの途中で若者先生の恋人が待ち伏せしていて束の間逢瀬を楽しんでいる――先生たち今どうしているかしら、お幸せかしら――。先生によって、生徒の楽しさはまったく違うのは、何もスキーに限ったことではない。英語を教えるときにいつもそう思って、注意している。

いま通り過ぎた道路沿いのホテルが、あの時に宿泊したところかしら？　このホテルでも忘れられない思い出がある。レバノンからの留学生はイスラエルからの留学生を嫌っていて、食事のとき決して同じ席に座らない。そういうことでなにか悶着があった。トルコからの留学生はちょうどラマダンにあたり、食事のときぶつぶつ不満を言っていた。トルコ人は面白い民族だ。気持ちがいつもヨーロッパの人たちへ向いていて、私たち日本人をはじめアジアの人たちを睥睨《へいげい》している。初めはこの人の人柄なのだろうと考えていたが、他のトルコ人も大なり小なり同じ。これはやはり、長い歴史に培われた国民性なのだろう。とすると、私たち日本人の気質もいろいろ指摘されるけれども、真実を含むということ。よく、地球は一つとか、世界は一つなどと言うけれど、こういった体験を思い出すと、なかなか一つになるのは難しいと思う。

遠くの村を眺め、近くの村を通り抜け、川を渡り、林を抜け、アルプスの風景を満喫。セガンティーニならずとも、絵を描きたくなる景色ばかり。途中、バスが道路の端によって停まると、後ろからたくさんの車が追い越していく。道路の走行秩序がよく保たれている。工事中のところも多く、ティーフェンカッスルを過ぎて村落が続くころから、よく工事に出会う。なんとなくバスが遅れだしたかなと思う頃、もう後続車に譲ったりもしないでひた走る。連なる山々が切れて開けた眼下にクールの街が見えてきた。列車が出るまであと十五分、間に合うのかしら？　と心配し出すころには運転手さんも大忙し。まっしぐらにクール駅へ向かって予定の列車発車時刻六分前に到着。「ダンケシェーン」もそこそこに、同乗のドイツ人夫妻とひた走る。駅は大きいのだから走らないと。

十六時二十四分　クール発の電車にやっと間に合った。

十七時五十分　チューリヒ着。

　　チューリヒよ！

おお懐かしのチューリヒよ！

またあなたを訪ねてきましたよ……
あなたはずいぶん変わりましたね
まず　中央駅が、そして駅の地下道が
大勢の人に出会って少しお疲れのようですね
身づくろいも昔のような清潔さがなくなりましたね

でも一歩街に出ると　あなたは同じ
リンマート川の流れも　走る船も　飛び交う水鳥も
そして　グロスミュンスターも　ヴァッサー教会も
街の家々……なんて整っていて美しいのでしょう

私があなたと別れたのはいつのことでしょうか
昨日ではなかったでしょうか
いや　違います

チューリヒ・リンマート川　撮影1992年

それはもう十六年も前のこと……
街に人が溢れていること
車の通りが激しくなったこと
何よりも友が歳を重ねたこと
それらが久しぶりの訪問であることを物語っています

十四番の路面電車に乗って三つ目の停留所で降りて、クローネンシュトラーセ四十四番地を訪れる。入り口の重い木のドアが当時のまま。この建物の三階に私たちは娘二人と一緒に住んでいた。外から見る限り何も変わっていない。道の反対側のホテル・クローネンも健在。表通りに出て見回すと、よく利用した小さなスーパーが閉店、サラミの美味しかったお肉屋さんも閉店、並びのパン屋さんも閉店。大資本に押されて個人商店は生き延びるのが大変なのだろうか。時代の波を感じる。

十八時三十七分　チューリヒにひとまず別れを告げる。改めて訪れる予定。急行列車が勢いをつけて走り出したころ、ディーティコンに差し掛かる。窓から目を凝らして新婚時代を過ごし、ウルリケと初めて出会った学生会館を探す。一瞬見えたように思えたが、果たしてそうだったのか。沿線の眺めが懐かしい。ちっとも変っていない。日本だったら、十六年、二十年の歳月の後に同じところを訪ねたら、きっと様子が全く違ってしまう傾向にある。日本にエネルギーがあるからだろうか？

十九時三十三分　バーゼル着。レストランで夕食。スイス式に料理は忘れたころにやってきた。疲れているのでワインが心地よく効いて、動くのが億劫になる。

二十一時三十分　ウルリケ宅。ビヤキとウルリケに土産話をする。ツィリスの教会の天井画を彼らもすでに見ていたので話が弾む。グリムゼル峠の話も喜んだ。話題は尽きることがない。そうと、ウルリケが「ヤコブ！　宿題は？」と奥の部屋へ向かって叫ぶ。そう、本当に叫ぶ。そうしないと、大きな住まいなので聞こえない。「もう終わったさ」とヤコブの大声の返事。「じゃ、ツエーネ　プッツェン（歯を磨きなさい）。インス　ベット　ゲーヘン（寝なさいよ）」と母親。「もう中学生なんだもの、勉強も自分でさせるといいのよ」と私が知った風なことを言うと、ウルリケは「そう思う。でもね、フランス語の宿題をしないから困るのよ。やったというから信用すると、次の日のテストで綴り字がメチャクチャよ。するとまた罰として宿題だもの」と嘆く。男の子って育てるのが大変なのかしら？　女の子二人を育てたけれどそういう苦労はなかったけれど、などと思う。

ウルリケ自身は聡明で、何でも起用にこなす人。専業主婦とはいえ、博士号を持つゲルマニスト（ドイツ語学研究者）、ときどきバーゼル新聞に記事を書いている。お小遣い程度の収入らしいけれど、楽しんでいるようだ。いつも建築の話を書く。「あなたの専門はドイツ文学なのに、なんで建築の話ばかり書くの？」と聞いたところ、「ヒロコ、あなただって専門は英語なのに、教会やローマ遺跡を訪ね歩いて、私よりいろいろ知っているじゃないの」と返されてしまう。

ウルリケ一家は二十六日の土曜日から二週間の予定で、南フランスの別荘に出かけるという。子どもたちの学校が秋の休暇なので、それを利用しての滞在。だいたい彼らは年中「フェーリエン（休暇）」を楽しむ。あまり休んでばかりいるから「ねぇ、子どもたちはいつ勉強するの？いつ学校へ行くのよ。そうそう休んでばかりいたら、せっかく覚えたことだって忘れちゃうじゃないのよ」、とフランス語の一件を思い出しながらからかってみた。ウルリケは澄まして「インツビシェン（その合間、合間に）」と答える。これが中学生と高校生を持つ母親？　こんな風だから、日本の教育事情を話しても信じてもらえない。

写真の中の南フランスの別荘が、なんとも素晴らしい。映画などでしかお目にかかれないような佇まい、白い、広大な建物。目の前には別荘所有の地中海へと続く白い砂浜、プライベートビーチなのだ、と言う。森を背にしている好立地。唯一の欠点は、買い物に五十キロ車で走らなければならないことらしい。「で、その別荘で二週間も何して暮らすの？」と野暮な質問をすると、「読書」と一言。昨年滞在したときの写真を見せてもらうと、青い海をバックに金髪をなびかせて、マグヌスとヤコブが砂浜で遊んでいる。ああ、やっぱり私たちの文化と違う！　……と思わせる異国情緒たっぷりのスナップ。

ウルリケたちが言う。「自分たちは休暇に行ってしまうけれど、あなたがたに自宅のカギを預けていくから、留守中も自由に出入りしていいのよ。日本へ帰るときは、郵便受けにカギを入れて行ってくれればいいから」と言う。ありがたい。感謝。

九月二十五日（金）曇

マグヌス、ビヤキに別れを告げる。「マグヌス、世界は広いのよ。日本へも一度いらっしゃいね」、「ビヤキ、元気でね。また会えるのを楽しみにしてるわ」。二人ともゲルマン系男子で二メートル近い身長、私は見上げるようにしなければならない。

八時四十五分　市電に乗る。市電が走り出したところで森田が「あれ、パスポート忘れてきたかな？」と言う。今回は、ヨーロッパもだいぶ不用心だと聞いたので、パスポートとお金を胴に巻き付けるようにしている。ところがお手洗いに行くとそれを外さないといけない。今朝もそのようにして、うっかり胴巻きをトイレに置いてきたのだという。一つ目の停留所で降りて彼は急いで取りに帰り、私はのんびり待つことにする。どれほど待っただろう。勢いよく走ってきた車が警笛を鳴らす。見ると森田がウルリケの車の中。私も乗り込み結局バーゼル駅まで送ってもらう。「忘れ物がヒロコじゃなくて、よかったね。ヒロコがしでかしたら一生言われるものね。以前ビヤキも忘れものをしたことがあるの。そのとき私でなくてよかったと思ったもの」とウルリケ。車の中は笑いでいっぱいになった。

九時二十三分　バーゼル発。霧のトンネルの中を走る列車からは、ほとんど何も見えない。眠っていくに限る。なんだか列車の中ではいつでも眠っているような気がする。いやいやスイスへ来て十日、中年を迎えた私たちもそろそろ疲れが出てきたらしい。それと、なんといっても毎晩ドイツ語を使わねばならないというのは辛い。外国語生活は、ある程度緊張していなくては聞き取れないし、返事ができない。それでも二人だからいいんだ、と森田が言う。以前彼が一人で来た時には、もっと疲れたという。そうかもしれない。今度はなんとなくお互いに助け合っているようだ。これからユルクのところへ行くのだけれど、彼はそれこそ話好きで、緊張を強いられる。

十二時十三分　ジュネーヴ着。ユルクが迎えに来ている。

すでに書いたようにユルクと知り合いになったのもディーティコンの学生会館。ユルクの声が小さいので、電車の中で話したりするとほとんど話が聞き取れないから、彼に会うのは苦手だったけれど、彼自身はとても好奇心が強く、日本のことをよく質問するのだった。本来彼は化学を勉強していたのだが、どうも化学が好きになれないからと、親の反対を押し切って中国学を専攻するようになった。そこで日本語にも興味を抱きはじめ、日本語のテキストをテープに入れてあげたりした。「休暇に是非アペンツェルの実家へ遊びにおいで」と誘われたのがきっかけで、彼の両親オンケル・アドルフとタンテ・マルタとも知り合いになり、次第に親しさを増した。その後彼は中国に二年ほど留学し、スイスへの帰途日本へ寄って、私たちと京都奈良の旅をしている。本来筆不精で、便りをしてもあまり返事を貰えないけれど、会えばいつも親切。八年前にユダヤ人のディーナと結婚し、一人娘のハンナがいるのもすでに述べた。

ユルクは目下博士論文を作成中。もう十年越しの仕事で、「論文書きで忙しい」と言うのが彼の口癖。部屋にはコンピューターがあり、周りは本の山。今は論文も最後の段階だというのだけれど、そこへ私たちが乗り込んできたのだからまた遅れるということかしら、と心配になる。ユルクの入れたティーを飲みながら、ジュネーヴ滞在中の計画を立てる。二泊三日の滞在予定だというと、それでは短い、他の予定を取りやめてもっとゆっくりしていきなさいと言う。二十日間のスイス滞在は、十分な長さだろうと思っていた。来てみると、観たいもの、会いたい人はたくさんで、とても日数が足りない。ユルクも納得して、ともかく午後はジュネーヴの旧市街の散策となる。この街は国際都市だけあって、他のスイスの街とは少し趣が違う。アフリカから、インドから、アラビア半島から、私たちのようにアジアから、と世界各国からの人が行きかう。車はどの都市におけるよりも、乱暴かつ早く走る。ショーウインドウがバーゼルなどより華やか。娘たちへのお土産を物色していると、ユルクが「スイスではどこのハンドバッグが人気なのか、フレニイに聞いてみるよ」と言う。

フレニイは彼の妹で、今回は会う予定はなかったのだけれどユルクが、「チューリヒではフレニイのところへ泊ればいい」、と素早く決めて連絡を取ってくれる。旅の終わりはゆっくりホテルに宿泊して、などと考えていたけれど。いやいや人の親切は受けるもの。お断りをするなんて罰が当たろうというもの。

街に出て早速サン・ピエール教会へ。地下が博物館。教会を改築しようとしたら、今の教会の、前の建物の土台が出てきたのだという。ロマネスク建築の見事なもの。それをそっくり保存して見学できるようにしてある。石の文化は命が長いし、強固なのが分かる。教会というのはどこへ行っても大きいのだけれど、なぜこんな大きな建物がまだ技術の発達していない時代に建設できたのか不思議な気がする。それはまあ、大阪城の石垣とても同じだけれど。この教会の隣にカルヴァンが説教を行った建物がある。カルヴァンが見たであろう古い分厚くて大きな聖書が、ビニールをかぶせて置いてある。彼の手紙も陳列してあったが、上手な字！　古い時代をさんざん見学した後は、足が明るい方へ向く。

レマン湖に出て船に乗る。有名な大噴水（Jet d'Eau）の傍を通ると水しぶきがかかる。少し先の公園で下船し、ハンナを迎えに行く。ハンナはモンテッソーリ幼稚園に通園。ちょうど我が子がスイス滞在中の年齢と同じ四歳。私たちに会ったハンナは戸惑う。彼女はフランス語しか話さないので私たちも困ってしまう。かつて、こんなに小さかった長女を言葉も充分に分からないのにチューリヒの幼稚園へ入れたなんて！　と一瞬胸を突かれる。若かった日の自分は何を考えていたのだろうと反省。ハンナと一緒に帰宅。

二十時　夕食。ユルクが中国料理をふるまってくれる。味がなんとなく東洋的。食事しながらも食事中も、食事が済んでからもみんなよくしゃべる。三つのテーマがあった。
一、日本人は真似ばかりしていて独自の文化を持たない。
二、日本人は英語をもっと覚えたらいい。
三、日本はアメリカの影響を強く受けているが、では日本はどこへ影響を与えているか。
これらについては他の友人からも質問されているので、最後にまとめたい。
二十三時　就寝。

九月二十六日（土）晴
九時　ディーナの運転で国境を越えて、フランスの市場へ買い出しに行く。大きな市場で、端から端までほぼ四百メートルの道路両側に出店が並ぶ。肉、果物、野菜、パン、チーズその他洋服からアクセサリーまで、何でも売っている。大勢の買い物客、閑古鳥が鳴いているお店もあれば大繁盛のお店も。ディーナはシャンピニオン、お魚、チーズ、パパイヤなど、沢山の買い物をする。パンは直径四十センチもありそうなドーナツ型。こんがり焼けていて香ばしい。車のトランクがいっぱいになるほどの食料品を買い込む。

ディーナとハンナ　フランスの朝市で　撮影 1992 年

ディーナはフルタイムで仕事をしているので、週日は買い物ができない。従って土曜日は買い物デー。一週間分の食料品を冷蔵庫、冷凍庫に整えておくようだ。

フランス・スイス国境では特に出入国審査はない。係官がちらりと車中を見てオーケー。こんな風に、フランス国民はお給料のいいスイスへ働きに来るし、スイス人は物価の安いフランスへ買い物に行く。そういえばウルリケ宅へ来る掃除婦は、フランスからの出稼ぎだと言っていた。

昼食に市場で買って来たばかりのサラミ、チーズ、パン、それに新鮮な野菜サラダ、どれもおいしい。

十四時　ディーナの運転で出かける。ユルクの論文書きの邪魔になるので、ハンナをディーナの友人のところへ預けに行く。その後レマン湖の北岸に沿ってドライブ。ディーナに話しかけようと思っても、彼女がフランス語しか話さないので困ってしまう。もちろんドイツ語も英語も理解するけれど、あんまり得意ではない。話しかけるのも憚られて、三人で無言のドライブをするうち眠くなってしまう。

モン・ブランを背にした湖の美しさに見とれながら、コペーへ到着。フランス革命当時反ナポレオンの拠点になったところ。才色兼備のスタール夫人がコペーの館で華やかなサロンを開き、沢山の文化人が集まってきたという。美しい佇まいの館が当時を偲ばせる。スタール夫人の弾いたピアノ、座った椅子、着ていたドレス、肖像画などに興味を惹かれる。バスタブが置いてあったが、これを利用するには人手が沢山必要だっただろう、などと思う。受付のところでトランプが売られている。ネッケル、スタール夫人、マリー・アントワネットなどが描かれているので一つ買ってみると、中に日本語の説明を発見！

コペーからまた一走りしてニヨンへ。ここでの目的はローマ遺跡見学。アヴァンシュ、アウグスタ・ラウリカなどと同じように古代ローマの砦があったところ。ローマ帝国の権力の巨大さが偲ばれる。湖を見下ろす高台に遺跡の名残。古代人もこのような美しいレマン湖の眺めを愛でたのだろうか。

十八時　ユルク宅帰着。ディーナが夕飯料理中にユルクと森田と三人で絵画、建築、音楽、中国学についておしゃべり。

十九時三十分　リコンのローザンネ宅へ電話。ドロシーの声に「お母さんと話したいのよ」と言うと、「フラウ・モリタ　グーテンターク（こんにちは）母と変わります」との応え。しっかりしている。「明日九時五十八分にジュネーヴを発ちます。ヴィンタートゥールには十三時三十二分到着です」とローザンネに伝える。電話で列車の発車時刻、到着時刻の連絡は難しいけれど、あちらに理解力があるから通じるということ。有難い。

二十時三十分　夕食。朝市で買ってきた赤魚の蒸し焼きが美味しい。ピーマンのオーブン焼きも変わっていて美味。ライスがまたよく炊けていて嬉しい。そういうと「ライスの料理方法はヒロコが教えてくれたのさ」とユルク。そうでした、あの学生会館で教えてあげたっけ。「はじめちょろちょろ、中ぱっぱ、赤子泣いても蓋取るな」って炊くのよ、と教えてあげた。食事がひと段落したとき、ユルクがハンナを友人の家へ迎えに行く。

この間ディーナと話す。ユルクは今、常勤の職場がなく、ジュネーヴ大学とチューリヒ大学で非常勤講師をしている。従って収入はたかが知れているので、ディーナが貿易商社に勤務して一家を支えている。自然に話はそこへ行く。彼女は、「本来女の人は家にいて子どもの世話をするべき。そう思うと今の自分に多少罪の意識がある。もっとハンナと一緒に遊んであげたいと思っているが、それができないので悲しい。ハンナが赤ちゃんだったとき、保育園に預けて働かなければならなかったのはもっと辛かった。男女は平等だとは思うけれども、やはり子どもがいたら母親が家にいた方がいい。これは何も自分が保守的だからではない。イスラエルの女の人はほとんどの人がそう思っている……」などなど。発想が非常に東洋的なので驚く。日本でもまさしくこういったことで女の人が悩んでいる。女性の地位は次第に良くなっているが、まだまだ難しい問題がある、というのが私たちの一致した意見。

九月二十七日（日）晴

ユルク一家は来年春には日本へ来る予定なので再会できる。

九時五十三分　ジュネーヴ発。急行列車は勢いを落とさずに幾つもの駅を走り抜ける。幾つ目かの駅を通過するとき、何気なく駅の大時計を見ると、針の位置が自分の腕時計とは違って一時間遅い。森田の時計も私の時計と同じ。

「ね、今日から冬時間じゃないの？」

「いや、ユルクに確かめたら明日からだと言っていたがなぁ。でも、スイスの駅の時計が間違っていることは考えられないから、きっと今日から冬時間なんだね」と暢気な返事。

「ユルクも暢気ねぇ。ディーナが仕事をしているというのにね。これじゃ私たち一時間早くヴィンタートゥールに着くってことよね」

「そうだね。仕方がない、美術館でも見ていようか」ということに落ち着く。

ヨーロッパの国々は夏時間制を実施している。電力消費を抑えるために行っているのだという。一日が長いから非常に合理的な発想なのだが、スイスはなぜかあまり積極的ではないのだという。でもスイスだけ実施しないわけにはいかない。そんなことをしたら混乱が起きる。とはいえ、いつから冬時間にするかなどは各国の自由で、旅をするときは十分に注意する必要がある、とウルリケが教えてくれた。

結局ヴィンタートゥールには、約束の時間より一時間早く到着。

駅近くの美術館へ入ってツヴィングリの肖像画を見ることにしたのだが、見当たらない。尋ねようにも人影がないので困ってしまった。結局諦めて約束の時間に駅へ。

十三時三十二分　ローザンネが現れた。大きな人。こんなに大きくて堂々としていたかしら。

四人の子を持つ母親として張り切って生きているということ。

「あなた方の乗ってきた電車は定刻に到着しましたね」とローザンネ。いや、いや実際のところは後で説明しよう。駅を出るとそこに、ヴィリーとドロシーが待っている。ヴィリーの成長したことに驚く。常々写真でみているけれども、やはり実際の印象は全く違う。はにかみながら挨拶してくれた。「ドロシー、あなたに会うのは初めてよ」と握手。彼女が生まれたとき、ローザンネがとても喜んで手紙を書いてきた。「女の子は可愛いし、育てやすい」と。ヴィリーもドロシーもなんていい子なのかしら。立ち居振る舞いなどから人柄が伝わってきて、うきうきしてしまう。リコンは、ヴィンタートゥールから大きな車で二十分ほどのところの小さな村。

道中、ツヴィングリの話になって森田が、「確かあの美術館に肖像画があった筈なんですけれども、さっき見に行ったら見当たらなかったですね」と言う。ローザンネが「?」と思ったらしく妙な顔をするので、「実は時間を間違えた」と説明して大笑いになった。「残念なことをしましたね。今日は一時間長く寝られるんですよ。私は毎年冬時間のはじまる日を楽しみにしているの」とローザンネ。なーるほど！

トゥス川に沿う小さな村リコン、ここにお鍋製造会社クーン・リコンがある。この会社について、正確なことは忘れたけれど、犬養道子がだいぶ前に雑誌『中央公論』に先々代社長のローザンネの父親とクーン・リコン社、チベット労働者のことなどについて書いていたのを覚えている。ローザンネのお父さんが早くに亡くなり、その後をお母さんが社長を引き継いだ。このお母さんが女傑だったようだ。イタリア語、フランス語、ドイツ語、英語を駆使して会社経営にあたったと聞いている。この人の娘がローザンネ、現社長のヴォルフガングは女婿ということになる。

（付記）ヴォルフガングが定年引退後、長女のドロシーが社長に就任。彼女はフランス語地域の大学へ進学、やはり理科系が得意だったけれど、「父が物理学、兄も物理学（現在ドイツ・ミュンヘン大学教授）、そして私も物理学ではつまらない。違ったことをしたい」と常々言っていたといいます。結局クーン・リコン社を継ぐと自ら申し出て、現在その任に当たっているのだとのこと。夫は裁判官。

住まいは、工場の隣の広い敷地に建つ築二百年にもなるという建物。玄関前には大きなカスタニオンの木。庭の真ん中に、夏にはプールになる幅広い長い池。傍にはマイヨール作の青年像が立つ。広い庭を望むテーブルで、ローザンネ手製のケーキに紅茶をいただく。日本からのお土産の中に、ドロシーへは折り紙があり、彼女は早速折り方の手本を見て折り始める。理解力も根気

アウヴェルター夫妻　リコンの自宅にて　撮影2018年

力もあるから瞬く間に出来上がり、先へ先へと進む。彼女はこの九月から中学校へ進級。スイスでは成績によって将来高等学校へ進める中学校へいけるが、その中学へ進級できたと、喜んでいる。この中学へは、今年アビトゥーア（大学入学資格試験）に合格した兄のヴィリーも通っていた。子どもたちが優秀なのは当然かもしれない。お父さんのヴォルフガングはチューリヒ大学卒の物理学博士、お母さんのローザンネもチューリヒ大学卒で数学の博士号を持っているのだから。

お茶の後一時間ほど村内を散歩。日差しが強く、少し暑かったので、私は半袖のセーターだけで出かける。きれいな緑の牧草地、その向こうは林、脇に小川を見ながらぶらぶらと歩く。村のスポーツ場でテニスをしている。スイスでもテニスが盛んになってきたのだという。少し歩いてチベット人の寺院に着く。すでに触れたように、リコン村には沢山のチベット人が住んでいる。多くはクーン・リコン社の労働者。ローザンネのお父さん世代がチベットからの難民を労働者として受け入れ、工場で働かせたのが始まり。今はその子・孫世代になり、人口も増えたという。

（付記）リコン村にはたくさんのチベット人が居住しています。この人たちのために村はずれにチベット研究所が建設され、その中にチベット仏教寺院、チベット図書館などがあります。これはクーン・リコン社創設者のクーン兄弟が尽力し、一部は私費で建設しました。ここをダライラマ一四世が二〇一八年、寺院創設五十周年を祝うために訪れています。

客用寝室は屋根裏にある。と言っても屋根裏部屋ではない。広い屋根裏があってそこに四部屋ほどあり、一角にはおもちゃがたくさん積んである。中央は広い空間になっていて、長い冬の間は、雪に閉じ込められたりして外遊びができないから、ここが遊び場になる。端の方に客間があり、がっしりした木のベッドが二つ並び真っ白なカバーが掛けられている。すべてにクーン・リコンの縫い取りがしてある。家具も古いスイスの民芸調。窓から見える風景はさながら絵葉書のよう。ドアを出た左手にシャワー室、トイレは広い遊び場を横切って階段降り際。夜中にお手洗いに行くのは一仕事だと、私たちは笑う。

主人のヴォルフガングは昨日からリスボンへ出張、夜八時に帰宅するので、食事は彼を待つことになる。でも、カール、ドロシー、ルドルフは明日学校があるから先に食事をして寝る。スイス人の生活は朝が早い。学校へも六時四十分ごろに登校する。子どもたちは自然早寝になるようだ。三人の子どもたちとおやすみなさいの挨拶をしてから、居間で写真や本を眺める。ドロシーの赤ちゃんの時の写真を見せてほしいというと、ドロシーが自分で写真の説明をしたいと言ってベッドから出てきた。可愛い写真を解説付きでたくさん見せてもらってから、ドロシーを彼女の部屋まで送っていく。女の子の部屋らしくお人形さんやぬいぐるみがいっぱい。机上も整頓されている。どこを見てもローザンネが自慢のお嬢さんであることが分かる。明日の朝、ドロシーが登校するときに、駅まで送っていくと約束して「おやすみなさい」をする。

一方、空港へヴォルフガングを迎えに行ったヴィリーからの電話。ヴォルフガングの乗った飛行機は一時間遅れでクローテン空港到着の由。

私たちはローザンネと話す。小学校の先生が必ずしもいい先生ではないこと。どうしても我慢のできないときは署名を集めて罷免できること。このように小さい村では、そういったことも実行するのは難しいなどなど。スイスでは小学校を終える時点で、将来大学に行ける中学への進学か、または職業学校への進学を目指す中学へ行くか、と言うように選択を迫られる。選択するというのももちろん成績によるということ。十二、三歳で進路がある程度決まってしまうのは厳しい気がする。とすると、小学校の先生の役割は結構大きいのだろう。

二十一時　ヴォルフガング帰宅。彼とはこの四月に東京で再会している。彼は世界中を歩いて会社のために働いているのだから忙しい。夕食は子牛の肉のソース煮、ジャガイモ料理、デザートにアイスクリーム、最後に美味しいコーヒー。

懐かしい話に花が咲く。古いアルバムを開くとこれまた懐かしい写真がいっぱい。「お互いまだ若かったですね」と笑いあう。二十年の歳月をゆっくりと頭の中で追う。こうしてまた会えるなんて、夢みたい。ヴィリーに「あなたの両親のことはあなたより私たちの方が以前から知っていますね」と言って笑う。

二十三時　就寝。

九月二十八日（月）小雨　曇

六時三十分　起床。手早く身繕いをして降りていくと、ドロシーは朝食中。

六時四十五分　ドロシーと駅までおしゃべりしながら行く。ドロシーの列車が出た後、ふと見ると次男のカールがいる。反対方向の電車に乗るらしいので、握手をして別れる。カールの話はよく注意していないと聞き取れない時があるが、穏やかな性格なので好きだ。

家に戻ると、居間では三男のルドルフが食事中。終わるのを待って、ローザンネも一緒に三人で歩いて小学校へ向かう。ローザンネが道々会う人ごとに挨拶をしている。小さい村のこと、みな顔見知りなのだろう。ルドルフはお母さんと私、二人の付き添いが嬉しくてたまらない。校門の前で「さよなら」をすると残念そうにする。帰路、パン屋さんによって朝食用のパンを買う。

九時　一仕事終わったヴォルフガングと一緒に朝食。スイスの工場の朝は早い。労働者たちは朝早くとも午後四時には帰宅できるのを喜ぶという。早く家に戻れば、花作りも畑仕事もできるから、早起きなど苦にならないというのだという。

朝食後、ヴォルフガングに工場内を一時間ほど案内してもらう。お鍋を作る過程を順に従って巡る。お鍋はたった一枚の円形の鉄板からできる。工場はとても清潔、塵など落ちていないし、窓ガラスもよく磨かれている。労働者の多くはチベット人で、設計や研究の段階ではスイス人が働いている。最後に、「今は人件費も高いので、将来はロボットでお鍋を造れるように研究開発中」と言う場所も見学。日本の工場でも、ほとんどロボットとコンピューターで仕事は進んでいるのだ、とヴォルフガングが教えてくれた。知らなかった！

十二時三十分　昼食。夫妻と私たち、ヴィリー、学校から戻ったルドルフ、ローザンネの甥で中学生のマルセルがテーブルに着く。当然のことながら子どもたちがナイフやフォークの使い方がうまいので感心する。伝統と習慣がなせる業。

十三時三十分　記念撮影。その後みんなで駅へ向かう。別れを告げて電車に乗る。ちょうどすれ違いに入ってきた電車からドロシーが下車。お互いに気が付いて手を振って別れる。

十四時五十分　チューリヒ着。グロスミュンスター傍の建物四階に宗教改革研究所がある。尋ねて行くと受付の女の人が「モリタ」というとすぐに理解してくれた。これは話が長くなりそうだと思って、私は一人で駅へ戻って日本へ電話をする。

十九時三十分　バーゼル着。今日はバーゼルのウルリケ宅へ戻る。玄関を開けると大きな猫が飛び出してきて纏わりつく。家人が留守なので淋しいのだろうか。餌を与えるとおとなしくなった。私たちもあり合わせの食事。インスタントスープが美味しい。こんなに美味しいのならお土産に買って帰ろう。洗濯機を動かしながら帰国の用意。不要なものは明日、日本へ送ってしまおう。

二十二時三十分　就寝。

九月二十九日（火）雨　曇

七時三十分　起床。食事の後洗濯物をしまって、戸締り、郵便受けへ玄関のカギを投入してウルリケ宅を出発。郵便局で小荷物を日本へ発送。荷造りの箱、紐、テープ、みんな窓口で調達。箱代七スイスフラン、送料八十四スイスフラン、これはちょっと高い。

チューリヒ到着後、駅地下のコインロッカーにスーツケースを入れる。

十一時四十五分　チューリヒ発。これから、娘たちを連れて滞在していたときにお世話になった、ユルクの両親の住むヴァルツェンハウゼンへ。ユルクのお母さんのタンテ・マルタが先年病に倒れ療養中、そのお見舞い。ロールシャッハ乗り換え。

十三時四十五分　ライネック着。ここで登山電車へ乗り換え。ヴァルツェンハウゼン村へ行くにはこれしか足がない。乗客は私たちだけ。急勾配を登る電車だけれど、どこか長閑。

十四時十一分　ヴァルツェンハウゼン着。一番前に座っていると、一人の男の人が立っている。次の瞬間、その人がオンケル・アドルフだと気づく。雨の中を車で迎えに来てくれた。十六年ぶりの再会！　八十二歳だというのに、ちっとも老人臭くない。話し方も、表情も変わりない。車で七、八分走ったところに懐かしの家が建つ。玄関へタンテ・マルタが出てくる。車から飛び降りて駆け寄り、思わず抱きつく。タンテ・マルタが両頬にキスしてくれる。タンテ・マルタはべッドに寝ているのだとばかり思っていたが、存外元気なので一安心。言語障害の症状が出ていて話すのが不自由、ドイツ語と言うハンディも加わって、私たちにはなかなか理解できない。聞き直すのも憚られ、どこか意思の疎通が充分にできないが、こうして対面して無事を確かめられたのはありがたいこと。

以前お邪魔したときと同じ居間で、ボーデン湖を望みながらティーをいただく。お菓子は病後はじめて、タンテ・マルタが私たちのために焼いてくれたのだという。退院直後は料理も、お菓子作りもできなかったが、リハビリに一生懸命取り組み、徐々に意欲もわいて作るようになったのだという。右手が少し不自由で、その上感覚が鈍くなっている。大きな物や、固いものを切ったりするのに不便なことと、皮膚が鈍感になっているので、火傷に気を付けないといけない様子。お料理好きなタンテ・マルタのこと、不自由だろうと察する。お菓子の味は全く変わりなく美味しい。百点満点ママは、元のように何でもできるよ

元気なころのタンテ・マルタ

うにとリハビリを頑張ったのだと思う。夕飯も料理してくれたけれど、疲れが出たりしたら困るし、とハラハラしてしまう。

二十時　オンケル・アドルフが集会に出席のため外出。タンテ・マルタは、「疲れたから」と言って寝室へ引き取る。私たちも二十一時三十分ごろには床へ入る。

こうして泊めていただくのは久しぶり。

初めてお世話になったのは二十三年ほど前のことになる。アペンツェルのランヅゲマインデ（直接民主制、州民集会）を見学させてもらった。州民男子だけがサーベルなどを身に付けて、州庁舎前の広場に集まって議題を論議、挙手をして賛否を問う。ユルクの妹のフレニイは「女子に州はここへ出る権利がない」、つまり参政権がないとぶつぶつ文句を言っていたのが印象的だった。その後改善されたのだろうか……。

（付記）ドイツ、フランスをはじめとする西側諸国の大半では二十世紀前半に女性参政権を認めています。保守的なスイスではなかなか女性参政権が認められず、フレニイのような若い女性は不満を抱いていました。一九七一年にやっと連邦レベル（＝国家レベル）で認められました。フレニイの故郷アペンツェル・アウサーローデン準州で認められたのは、それより遅れて一九八九年、フレニイは三十半ばを過ぎていました。隣のアペンツェル・インナーローデン準州では翌年の一九九〇年に認められました。ちなみにわが日本で女性参政権が認められたのは第二次世界大戦後の一九四六年、新憲法下になってからです。実母は当時三十六歳。中学校の社会科の授業で女性参政権について学んだとき、家に帰って母に「選挙権を貰えて嬉しかった？」と聞いたところ、「よく分からなかったけれど、投票には行ったのよ」と答えてくれたのを覚えています。

次に訪れたのは、子どもたちを連れてスイスに滞在したとき。子どもたちを孫のようにかわいがってくれたっけ。オステルン（イースター、復活祭）のときは、庭の草むらにいろいろな色に染めた茹で卵や、ウサギの形をしたチョコレートなどを入れたかごを隠しておいて、それを子どもたちが探し当てて大喜びをしたこともあった。一緒にきれいな声で歌ってくれたり、手をつないで散歩に連れて行ってくれたり。一度などはタンテ・マルタのお姉さんのお宅にまで私たちを連れて行ってくれて、そこでティーをご馳走になった。そのお姉さんも先ごろ亡くなったという。

九月三十日（水）晴　曇

タンテ・マルタが元気に起きてきたのでホッとする。おしゃべりしながら朝食の用意を一緒にする。朝食には美味しいお手製のマーマレード。

タンテ・マルタが朝食後、ザンクト・ガレンの街へ遊びに行きましょう、という。オンケル・アドルフの運転で三十分ほど走って街はずれまで行き、そこで車を駐車場に止めてバスに乗り換え、街の中心へ。歳を取ったので車がたくさん走っているところへは乗り入れないようにしているのだという。スイスでも高齢者の交通事故の割合が高いのだという。私はタンテ・マルタと一緒に街をぶらつく。娘たちへお土産に何か買ってあげたいという。ご厚意はありがたいのだけれど、何がいいのか迷ってしまう。手ごろな値段のお財布を見つけて「これは日本製ではないですよね」と確かめると「分からないわ。もしかするとそうかもしれない」というお返事。買い物のときはよく注意をしないといけない。グローブス百貨店へ入ってみる。デパートとは言いながら、商品の数は日本では考えられないほど少ない。手に取ってみると、日本製の方が上等のような気がする。二階の婦人物の売り場へ行ってみると、今冬流行になるという長目のセーターがある。色もデザインも気に入ったので、これを買っていただくことにする。感謝。自分で店頭のスカーフが素敵で欲しかったが、二百スイスフランもするのでびっくり、あきらめる。

オンケル・アドルフと森田のコンビと合流、四人でしゃれたレストラン、ルッグヴァイラー・アム・ラートハウスへ。いつも混んでいるので予約が必要なのだという。オンケル・アドルフは長い間「今度フラウ・モリタが来たときは、この料理（子牛の肉をパイ生地で包んで焼いた料理）をご馳走したいと考えていた」由。十六年前にユルクが中国へ留学するために、クローテン空港へ見送りに行った。その後、みんなでレストランへ入り食事をしたのだった。そのときオンケル・アドルフがこのお料理を注文。それを見て私が「この次に来たときはそのお料理を食べたい」、と言ったのだという。それもありうること。メニューを見て何を注文していいのか分からなかった私が、羨ましくなって言ったというのは本当だと思う。それを覚えていてくれたとは！　メニューを理解するのはいまだに難しい。

運ばれてきた料理をありがたくいただく。中のソースが飛び切り美味しい。スイス料理は本当に美味しいと思う。デザートはケーキとコーヒー。ケーキがまた甘みがまろやかで美味しい。旅に出て太ったような気がするけれど、束の間気にするのを止めよう。見回すと私よりも太った人たちで店内は混み合っている。ここにいると私など痩せている方に入る。タンテ・マルタの話も、慣れてくるにしたがって次第によくわかるようになって、四人で尽きることなくおしゃべり。

レストランを出てから夫妻と別れて、私たちはザンクト・ガレンの街を見物。歴史博物館を見学。森田の興味をそそるものがたくさんあるらしく、飽きずに見て歩く。美術館、博物館は知らず知らずのうちにたくさん歩かされるから、疲れてしまう。街へ出れば再び元気になって、ショーウインドウを覗き歩く。ここは刺繡で有名な街。思い切って素敵なテーブルクロスとナプキンを四枚、揃えて買う。グローブス百貨店で森田のセーターとネクタイも買う。

タンテ・マルタの家まで二人で電車を乗り継いで戻る。居間でお茶をいただきながら、街でどこを歩き、何を見物し、何を買ったか話す。森田が買ったばかりのネクタイを締めていたのを、タンテ・マルタが素早く気が付いて「とてもいい趣味」、と褒めてくれる。タンテ・マルタは若いとき洋服仕立てをしていたので、人の服装の趣味が気になる様子。

十八時　夕食つくりを手伝う。人参のソテー、カリフラワーのソテー、ライス、子牛の焼肉、タンテ・マルタ特製のサラダ。手伝いながらいろいろ教えていただく。ライスは炊きあがったところで、バターを上にのせて溶かすと風味が出る。忘れてならないのは、料理をしながら手早く周りを整頓する、そうすると食事の用意ができたときには、お台所はもう片付いているという次第。

食事をしながらひとしきりまたおしゃべり。片付けもおしゃべりしながら手伝う。タンテ・マルタが病気になって以来、食事を作るのも、片づけるのもオンケル・アドルフが積極的に手伝うのだという。今日はヒロコがいるから楽ができると、オンケル・アドルフがニコニコしている。

タンテ・マルタが百年も前の手編みの小さいレース飾りを出してきて、娘たちへのプレゼントだという。もうこの模様を手編みできる人はいないのだという。そんな大切なものを私たちが日本へ持って行ってしまってはと思ったけれど、「ぜひ持って行くように」と勧めてくれるので、いただく。日本へ戻ったら額に入れて飾ってみよう。次にタンテ・マルタのお気に入りのスカーフを出してきて「ヒロコへのプレゼントよ」と言う。街で見たどのスカーフよりも彩りが素敵。記念に頂戴する。

さあ、明日はもうお別れ。時間の経つのが早い！

十月一日（木）曇

朝食には、タンテ・マルタが病後初めて焼いたというツォプフ（三つ編みパン）が出る。とても美味しい。こんなに働かせて、私たちが帰った後、疲れが出てまた寝込んだりしないかしら、と心配になる。

ザンクト・マルガレーテンまでオンケル・アドルフが車で送ってくれる。八十過ぎだけれど、運転は上手。九十九折りの坂道を、元気に話しながら車を走らせる。十二分ほどで駅へ到着。駅頭での別れは辛かった。また会えるだろうか、無理だろうか。そんなことを考えているうち涙になってしまう。タンテ・マルタと抱擁しあって別れる。病気が日々よくなりますように、と祈るのみで、言葉にならない。列車に乗ると「アレス　グーテ！（気を付けてね、さよなら）」と手を振ってくれた。列車が大きく曲がって二人の姿が見えなくなるまで手を振る。また来よう、きっと、夫妻が元気なうちに！

（付記）タンテ・マルタはその後だんだん体力が衰え、数年後老衰で亡くなりました。葬儀の日、家族揃って教会へ出かけるちょうどその時に、日本からの私たちの電話が鳴った、と後で聞きました。タンテ・マルタが待っていてくれたのでしょう。

二〇〇一年、渡瑞したときにお墓参りをしました。我が家の居間のキュリオケースの中に、晩年のタンテ・マルタの写真が飾ってあり、いつも私たちを見守ってくれています。

オンケル・アドルフは長寿で、九〇歳代半ばまで一人で暮らしました。

十二時二十分　チューリヒ着。駅前のスイス国立博物館へ。ここでは古代ローマ都市の展覧会を開催中。森田は念入りに見学。分厚いパンフレットは、郵便局から日本へ送ることにする。常設展にも足を運び、もう何度も見ている、ツヴィングリが戦場で身に付けていた兜と槍を見る。この博物館はスイスで一番大きいので、丁寧に見学していたら日が暮れてしまう。はじめてチューリヒに滞在していた若い日には、確か数日ここへ通い詰めて全館見たように記憶している。全館見ても結局記憶に残るものは凡人の悲しさで、数少ない。

十五時　チューリヒ大学のメンザ（学生食堂）へ。天井の高い広い空間。ここではかつてよく食事をした。森田は好物のヨーグルトとハム、チーズ、野菜を挟んだサンドウィッチ、私はハンバーグを食べる。回りではたくさんの学生が、楽しそうにおしゃべりしながら食事中。娘たちと同じ世代だと思うと急に自分たちの存在が異様に見えだす。年月の経つのが早いことをここでも思う。

メンザを出てからは一人で街へ戻り、お土産品を探す。バーンホフシュトラーセ（駅前通り）に出てあちらのお店、こちらのお店と覗く。仕立てのいいオーバーやスーツが目に入るけれど、サイズが難しい。スイスの特産品の時計は、どれも実用品というよりは装飾品に近く、天然石をあしらったような高価なものばかり。欲しくとも手が出ない。娘たちへアクセサリーと思うのだけれど、こちらの若い女の子たちはあまりアクセサリーを付けないから、手ごろなものがない。あるのは中、高年女性が付けるどっしりと豪華なもの。そうなるとこれまた手が出ない。ぐずぐずと歩いているうちに、森田と待ち合せた約束の時間になる。集合場所へ急ぐのも慌てないでいい。チューリヒの街は庭のようなもの、どこへ行くのも迷わない。

十八時三十分　数日前に預けたスーツケースを駅のロッカーから取り出し、タクシーでフレニイ宅へ。タンテ・マルタのところで見た彼らの結婚式の写真から、フレニイはストレートヘアだろうと勝手に想像していたが、カーリーヘア姿。相変わらず若くて元気がいい。声は大きく、発音ははっきりしていて、私たちにとってはありがたい。寝室、書斎、居間、客間、お台所、バス、トイレと夫婦二人には広すぎる住まい。可愛がっている猫ちゃんが三匹いる。それにたくさんの本箱と本。ヴォルフガングが読書好きで、日本関連の書物もたくさんある。間もなくそのヴォルフガングが帰宅。

(付記) Wolfgang という名前はドイツ、スイスではよく聞きます。有名なモーツァルトもヴォルフガング・アマデウス・モーツァルトといいますから、私たちには馴染みのある名前です。この旅日記にはクーン・リコン社社長のヴォルフガングと、フレニイの夫のヴォルフガング、二人が登場します。

彼は写真で見たように痩身で、頬ひげを蓄えている。食事がはじまると彼が日本について質問を始める。読書家だけあっていろんなことを知っている。但し、彼はドイツ人なので話すのが早い、ドイツ語は聞き取りやすいけれど、私たちは答えるのに一生懸命で食事がなかなか進まない。日本の大学教授のこと、子どもの教育、特に女子教育について、家族の在り方などなど。私は途中から思考停止状態。ヴォルフガングは質問を一通り終えて満足すると「明日また早起きなので一足お先に」と寝室へ引き取る。スイス人の生活サイクルは、朝が早いから概してみんな早寝、早起き。私たちも部屋へ引き取る。

一〇月二日（金）曇　雨

起きたときにはすでに、ヴォルフガングもフレニイも出勤後。猫がちょっと警戒の目をして私たちを窺う。

食卓の上にはフレニイからの手紙。食事のこと、猫ちゃんのこと、出かけるときは、どのように窓を開けておくかなどなど、丁寧に書いてある。さすが、オンケル・アドルフの娘さん！

十時　フレニイ宅を出て街へ。再び駅前通りに出てお店を覗いて歩く。靴、バッグの専門店バリーで私自身と娘たちへバッグを買う。ちょっぴり贅沢な気もするけれど、少し高価なものにする。デパートに入って知人、友人に配るチョコレートをたくさん買い込む。

買い物を済ませてからチューリヒ湖へ出て湖を眺める。お天気がよければ船で湖水巡りをする予定だったけれど、チューリヒ特有の小雨が降っているので、景色もそれほど楽しめないと考えて中止。路面電車でチューリヒ美術館へ。昨夜フレニイたちが絶賛していた「クリムト展」を観ることにする。会場入り口は、スイスにもこんなにたくさん人がいるのだと驚くほどの行列。この国では行列していることなどあまり目にしない。入場して再び驚く。溢れんばかりの人、人。

森田と一緒に歩を進めるのは無理なので、各自鑑賞して、出口で待ち合わせることにする。初期の写実的な作品からデッサンまで、大量の展示物。私は初期の作品群が色も明るく、絵画自体が理屈っぽくないので好き。有名な「Der Kuss（接吻）」がガラスケースに納められている。モデルになったエミーリエ・フレーゲという女の人の写真は、絵画の中の女性によく似ている。クリムトの理想の女性だったのだろう。質、量とも堪能。

ついでに常設展も見る。モネ、マネ、ドラクロワ、ピカソ、マチス、クレーなどの手になる名画の海。海の中をさ迷ううち溺れて動けなくなった、いや名画に酔ったというべきか。ソファに座り込んでしばし休息。

昼食後、日本の留守宅へ電話をする。呼び出しても誰も出ないので、私の友人を呼びだしてみると次女の声が響いてきた。今日は長女がサークル合宿で留守。次女一人では不用心ということで、友人のところへ泊りに来ているとのこと。ありがたい。友人が「ところで今どこからかけているの？」と聞く。「スイスからよ」と私。「えっ、本当に？　とてもよく聞こえるわよ。信じられないわ」と驚く。

市役所からリンデンホーフを抜けて、ぐるりと再び街を散策し名残を惜しむ。元気に歩けることに感謝。旅は元気でなければ楽しめない。フレニイ宅へ戻って帰国の用意をする。

十八時二十分　ヴォルフガングとフレニイ帰宅。フレニイが猫ちゃんの食事つくり。なんと私たちがスイス滞在中よく食したタラを、猫ちゃんへ与えるのだという。贅沢な猫ちゃん！　猫ちゃんたちが満足してから、四人でタクシーに乗ってレストランへ。金曜日の夜のこととて食事会、音楽会、観劇、映画鑑賞に出かける人たちの車で、道路はいっぱい。チューリヒも確実に人口が増えているという印象。レストランは中世の壁画が保存されているという建物。食事をしながら文化財を楽しむという贅沢ができる。食事は白ワイン、料理はそれぞれ好きな品で、私は大好きな子牛の肉をソースで煮込んだチュリヒャーシュニッツェル。森田は魚料理。ヴォルフガングは鹿の肉料理、鹿の肉は今が食べ時だそうで、美味しいから食べてみなさいと勧められる。一口、結構おいしいがちょっと濃厚。目の前に運ばれたお料理はお皿に山盛り。一生懸命食べてやっと終わったと思うと、ボーイが「もう一皿どうぞ」という。

おしゃべりしながら結構みんなで食事が進む。何しろよく話す。ちょっと注意を怠ると話が分からなくなるので、緊張を強いられる。質問された時には、なんと答えようかと食べるのをやめてしまうので、食事は思うように進まない。ずいぶん長い食事だった気がするけれど、デザートのアイスクリームが運ばれてきても話は続いた。

フレニイの一番上の兄ペーターが優秀だという話になると、思ってもみなかったことをフレニイが語り出した。

確かにペーターは優秀だけれど、人との関り方はあまりうまくないと思うわ。

ペーターは小さいときからいい子で、何でもよく出来て、親に心配を掛けなかったのは事実なのよ。でもあまりにもいい子過ぎたんじゃないのかしら。

ある時期彼は、両親や私たち弟妹と音信不通になってしまったのよ。職場に問い合わせても休職中というの。だいたいどこに住んでいるのかも分からない、どうしても連絡がつかなくなったのよ。彼の住んでいた街の警察に頼んで、探すのを助けてもらったの。八方手を尽くしてやっと居場所が分かったの。教えて貰った電話番号へ連絡してみると、最初は女の人の声だったから、これまたびっくり！　ペーターを電話口へと頼むとやっと彼が出てきたの、でも声に元気がない。そこで心配になってね、すぐ駆けつけてみたら、ここでも驚いたの!!　彼は女の人と住んでいたのよ。そう、その人は私たちのママぐらいの歳、六十過ぎの人だったのよ。私たちは本当に慌てたわね。

ペーターは鬱病になったらしいのね、それもかなり重症の。ほとんど人とも会わず、職場を休んで、一日中家の中に閉じこもっていたらしいの。それを心配して、その女の人がなにくれとなく世話を焼いてくれたようよ。職場を休んで旅に出るように、と勧めてくれたりもしたようよ。

最初、私たちはその女の人に違和感を覚えて、腹立たしい気分だったのよ。でも、実際はそういうようにペーターを支えてくれていたのが分かってきて、私たちの気持ちも落ち着いたの。その人のお陰で、ペーターの病は少しずつ良くなったらしいのよ。

私とユルクは、この話を両親に言おうか言うまいかさんざん迷ったのよ。だってママは満点主義でしょう？　理想的に育てた長男が、そんなことになっているなんて言える？　言ったら大変だと思ったのよ。私とユルクでよく相談したけれど、やっぱり本当のことを言うしかない、という結論になったわけ。

その話を聞いてママの心労は始まったのね。その心配が高じて、脳梗塞を起こしたんだと思うわよ。どうしていいか分からなくなったんだと思うわよ、分かるでしょう？

ここまでフレニイは一息に話して、右手に握りしめていたワイングラスに口を付け、一気にワインを飲み干した。

そうだったのか、そういうことだったのか、あんなに元気なタンテ・マルタがなぜ脳梗塞を起こしたのかと気にかかっていたが、そういうわけだったのね。

そういえば、今回ヴァルツェンハウゼン滞在のとき、ペーターやユルクが小さいときの思い出はたくさん話してくれたけれど、今ペーターがどうしているかという話は一言もなかった。私たちは私たちで、ペーターはいまも時計製造研究員として働いていて、元気にしているとばかり思っていた。彼の両親のところで「ペーターは今も独身なのか」という質問が喉元まで登ってきたけれど、どういうわけか口には出さなかった。どうしてだったのだろう。いえ、ペーターのことを訊ねなくてよかった。

この話を旅の終わりに聞いてよかった。「フレニイ、そんなに大事な話を私たちにしてくれてありがとう。あなたのところでお世話になってよかったわ」と礼を述べつつ、重いスイス土産を貰ったような気がした。

明日は帰国の途につく。スイス最後の夜、いささか眠れそうにない。

（付記）兄のペーターは重い躁鬱病で入退院を繰り返しながら長い闘病生活をしたようですけれど、結局職場復帰を果たせず退職。その後実家へ戻り、父のオンケル・アドルフと共に

ペーターとユルク　撮影 2001 年

住んでいたのですが、父親も老境に入ってお互いに困ったようです。その時に、妹のフレニイが「私たちと一緒に住もう」と申し出て、兄のペーターを引き取ったといいます。フレニイ宅の二階一角（部屋ではないのが印象に残りました。意図的のようでした）にペーターの居場所を作り、彼はそこに長く世話になっていました。次兄のユルクとも、「月に一度は、ユルクの別荘で数日預かる」という約束をして、お互いに協力したようです。

これを聞いて、「フレニイって偉いのね」という意見が、友人たちの間に広まりました。でも私たちは、もちろんフレニイが兄を大切に思って、世話を申し出たことは偉いと思うけれど、フレニイと同じくらいに、「彼女の夫のヴォルフガングも偉いなぁ……」と思いました。兄と夫の間でとき折、意見が対立したりする場合もあったようですが、フレニイが上手に交通整理（？）をしたのだとのこと。

ペーターは、二〇一八年四月に弟ユルクと、ユルクの別荘近くで電車に乗っているとき、治療薬のせいか急に具合が悪くなり、手を尽くしたようですが亡くなったのでした。

私たちはその夏にスイスへ行ったとき、フレニイ宅を訪れて、兄を失って涙する彼女を慰めることができました。

十月三日（土）曇　雨

六時三十分　予約をしておいてくれたタクシーが到着。真っ暗な中を外に出て、別れの挨拶をする。ヴォルフガングが西洋式に両頬にキスをしてくれたが、彼は頬ひげを生やしているのでちょっぴり痛い。フレニイとも別れを惜しむ。若い彼らとはまだまだ会う機会はあるから、しばしのお別れ。タクシーが走り出す。朝もやの中に二人の姿がすっかり溶け込んでしまうまで手を振る。

六時四十三分　クローテン空港着。朝早いのに空港ロビーはたくさんの人でごった返している。まずチェック・インを済ませる。

七時四十分　母に電話。「あら、あなたもう日本に戻ったんじゃないの?」と暢気なことを言う。私が予定を間違えて教えたのかしら。ま、いいや、元気そうなので一安心。

オンケル・アドルフとタンテ・マルタに電話。タンテ・マルタの「アレスグーテ、アウフヴィーダーゼーエン」とはっきりとした言葉が伝わってきた。

九時三十分　搭乗。席が翼の付け根の窓側の席なので外がよく見える。離陸のときの翼が複雑な動きをするのがよくわかる。こんな重い鉄の塊がどうして飛べるのだろう、とまたここでも同じ疑問を抱く。そして恐怖。この恐怖も便利さと引き換え、乗ってしまえば十六、七時間で日本へ帰れる。眼下にはスイスの村々がよく見える。きれいな秋の色の中に点在する集落、曲がりくねった細い川、濃い青い色をした森、いかにもスイスの風景。

朝食。スイス国内で料理したものか、ビーフが美味しい。インゲン豆とトマトのサラダ、それにパン。ただ、おなかは昨夜のご馳走がこなれていない感じで、食欲はない。いえ、そのご馳走とともに聞いた重い話が、胸につかえているのかもしれない。

モスクワでトランジット。十六年前にやはりトランジットで立ち寄った。まだソヴィエト共産党支配のころで、とても雰囲気が怖かった。警察官が物々しく警戒していた。同じ飛行機に乗っていた日本人家族連れの小学生くらいの子が、トランジットの札を無くしてしまった。札がなければ絶対に国外へ出られない、と告げられたというので、父親が青くなって札を探して歩いた。幸い買い物をしたお店の店頭に置き忘れてあったので、無事に帰国と相成った。そういう厳然としていて怖いところが、今回は感じられない。これもソヴィエト連邦解体の影響かと思う。

十五時三十分　モスクワ発。間もなく食事。お魚料理にサラダ、デザートにケーキ。食後しばらくするとワインのせいか眠くなってきた。

シベリアを一気に飛び、日本海に出るころ夜が明けてきた。雲が真っ赤に染まっている。お天気は悪い様子。

十月四日（日）曇

八時十五分　韓国キンポ空港着。ここで、今まで同じ飛行機に乗ってきた日本人もそれぞれ大阪、東京、その他の都市へ飛ぶために別れる。

九時三十分　キンポ空港離陸。乗客のほとんどが韓国人。女性ばかりの団体客と連れになったが、顔は日本人に似ているのに話している言葉が分からなくて、ヨーロッパにいるときよりかえって異国にいる感じ。

十一時四十六分　成田空港着。無事に帰国。スカイライナー窓外の景色が異様に思える。木々の緑もなんとなく黒ずんでいる。家々がちまちま、ごみごみ。しかし何かホッとするものもある。自分の帰属するところがあるという安心感だろうか。帰宅するまでにはもう日常の自分になっていた。

4　旅の後で……

友との語らいの中から

出発からしばらくは父を亡くしたことが胸につかえていて、なかなか旅を楽しめなかった気がします。ところが、スイスへ着いてかの地での旅が始まりますと、すっかり日本の出来事を忘れてしまい、本当に楽しんだ気がします。ディアヴォレッツァへ行ったときなどその美しさに魅了されて、もう日本へ戻りたくないとまで思ったりしました。友だちとのおしゃべりも、ドイツ語に苦労しながらも楽しいと思いました。なぜ楽しかったのでしょうか。帰るところがあるからです。日本にいて、きちんと根を張って生活をしているから、旅をして楽しいし、友だちも受け入れてくれるのだと思います。

友だちとの話の中で、いくつか書き留めておきたいことがあります。私たちはウルリケ・ビヤキ夫妻、ユルク・ディーナ夫妻、ヴォルフガング・ローザンネ夫妻、オンケル・アドルフとタンテ・マルタ夫妻、フレニイ・ヴォルフガング夫妻、と話しました。

国際結婚について

まず、彼らみんなが一様に「子どもたちが国際結婚をすると言ったらどうするか」という質問をしてきました。彼らにとって国際結婚は非常に身近なものです。

例えばウルリケたちの場合、彼女はドイツ人、ビヤキはアイスランド人。ビヤキが若い日にスイスへ留学してくるとき、彼の母親が「外国人を奥さんにしてこないように」と言ったとか。ビヤキの母親はデンマーク人、それを知っているウルリケは「何も言えないはず」と笑っている。彼らの日常語はスイスドイツ語。ウルリケとビヤキの両親との会話は英語！　ウルリケと息子たちとは標準ドイツ語を心がけているとのこと。ちなみに息子たちは、兵役のないアイスランド国籍を選択。でも彼らはまだあまりアイスランド語は得意ではないらしい。身に付けるのはこれからなのでしょう。

次にユルク夫妻、ユルクはスイス人で日常はスイスドイツ語、ディーナは母国語がヘブライ語だけれど、日常仕事のときはフランス語で、ユルクともフランス語使用。一人娘のハンナは目下フランス語しか話せない。ハンナの祖父母シューマッハ夫妻はフランス語があまり得意ではないので、可愛い孫娘とあまり自由に会話ができない。

フレニイの連れ合いのヴォルフガングはドイツ人。シューマッハ夫妻は、ここでもお婿さんと使い慣れないドイツ語を話すことになる。シューマッハ一族が集まったとき、どういうことになるのか、考えてみると面白い。こういう傾向は次第に増えつつあるというのですから、驚いてばかりもいられません。

我が子たちが国際結婚をしたいと言い出したとき私はどうするのか。全く違った文化の中で育った人間同士が本当に理解しあえるのでしょうか。若いときには分かりあえたとしても、歳を取るに連れて次第に自分の文化に帰属したいと思いだすのではないかしら。よほど言語に達者な人ならともかく、相手の言語を百パーセント身に付けるのは、不可能なような気がします。読書にしても、相手と対等に論じられるほど理解することができるようになるのでしょうか。細かいことまで考えると、私は少なくとも国際結婚にはあまり積極的ではありません。それに今はともかく、相手がヨーロッパの人々である場合を話しているのであって、これがもしアラブ人、インド人、東南アジアの国々の人たちであったら、何も言わずに「ノー」というような気がします。難しい質問でした！

日本人は真似が上手だということについて……

今回旅をして十六年前よりも日本製品が街に溢れているのに目をみはりました。トヨタ車など、アルプスの山奥へ行っても走っていました。日本でも、近頃外国製の車の数が増えてきたようですが、スイスではその比ではなく、アメリカが日本の進出に脅威を感ずるのも無理もないと思いました。このように目覚ましい日本の進出は、日本人が物真似上手だからだけではないような気がするのです。私はいつも次のように言っていました。

確かに私たちは真似が上手です。その精神があったから、ここまで進歩したのだと思います。でも、私たちは物真似だけで発展してきたのではないと思います。例えば何かをスイスへ輸出しようとすると、まず、スイスの人たちがどういうものを欲しているかをよく研究します。輸出する相手国の事情に合わせて、ものを作って売ろうとします。ところがヨーロッパ、アメリカの国々では、とかく自分たちの文化の中で生まれたものをそのまま日本へ持ってきて売ろうとします。日本の道路に合わない大きな車、お料理に合わない頑丈で高価なお鍋、私たちには使いきれません。日本を格好の市場と考えるのなら、もっと日本の実情を知ってもらいたいです。日本の文化、習慣、思考方法などを学んでもらいたいです。

私たち日本人にとって、幼いときから西洋が身近にあります。赤ちゃんのときから絵本に接し、字が読めるようになってからは翻訳を通して、外国文学を楽しみます。そういった体験をしながら、西洋のことを良く学んで育つ気がします。ひるがえって、ヨーロッパの人たちはどれほど日本文学を読むのでしょうか。どれほど日本に関する報道番組が放送されるのでしょうか、どれほど日本を正しく理解してくれているのでしょうか。

日本人の語学下手についても忌憚のない意見を耳にしました

私たち日本人がなぜうまく外国語が話せないのか、なぜ自由に書いたりできないのか、との意見がありました。クーン・リコン社社長のヴォルフガングは、日本との取引にこの頃ではよくファックスを利用するそうですが、日本から送られてくる文書の中には英語のスペリングの間違い、文法の誤りがあると言います。痛いところを突かれたような気がしました。語学の話になると次のように答えていました。

私たち日本人は一般的に語学が得意ではありません。中学、高校、大学と、大体十年ぐらい英語を学びますが、自由に読んだり、話したり、書いたりできるようにはなりません。教育方法を変えたりして工夫をしていますが、それによって目覚ましい進展があったとも言えません。これから世界のリーダーとして活躍していくには、もっと英語をしっかり身に付けなければいけないことは分かっているのです。

そうは言っても、状況は徐々に好転していて、今では語学に堪能な日本人が増えつつありますし、日本の国の第一線では働いている人の中には、語学のうまい人がたくさんいるのも事実です。その数は年々増えています。

けれども一つお願いがあるのです。

前にも言いましたが、もし日本を良い市場と考えて、これから日本へ経済進出しようとしているのでしたら、もっと日本語を学んで欲しいのです。この意見には、日本と取引があるヴォルフガングは同意してくれました。「確かに日本人は、もっと英語の力を付けるべきだと思う。でも、私たちももっと日本語を学ばなければとも思う」。一人でも理解してくれる人がいたのは、本当に嬉しく思いました。

一番考えさせられた質問は

日本はアメリカや、ヨーロッパの影響をたくさん受けているけれども、反対に日本自体はどこの国へ影響を与えているのか、という問いでした。古来、我が国は中国や朝鮮から積極的に文化を取り入れてきました。時代がくだってからも、オランダ、ポルトガルなどから文化を吸収しています。明治維新になってからはアメリカやイギリスをはじめとするヨーロッパの方を向くようになりました。第二次世界大戦後は、アメリカの影響を強く受けているのは申すまでもありません。改めて考えてみますと、遣唐使にしても、天正の少年使節にしても、はたまた咸臨丸で太平洋を渡った使節にしても、ともかく外国へ行き、学べるものは学んで来ようという、時の政府方針を体現したのです。私たちは、常に外国から文化を取り入れることばかり考えていたような気がします。

では実際、日本は他国へ影響を与えることがないのでしょうか。

そんなことはありません。芸術的な面で、外国へいい影響を与えています。一九世紀後半、ヨーロッパに流行した「ジャポニスム」はその代表でしょう。ゴッホやモネ、ロートレックなどに、北斎や歌麿の浮世絵が大きな影響を与えたと言われています。帰国寸前に楽しんだ「クリムト展」、そのクリムトも浮世絵の影響を受けていたと言われています。また現在も、スタジオジブリのアニメをはじめとする、沢山のアニメ作品が外国で広く知られ、人気を博しています。このアニメは、ヨーロッパでは子どもに限らず、若者たちにも歓迎されています。

また、食文化を見ても、日本食が健康にいいとされ、友人たちも好んでいます。今は大きなスーパーマーケットへ行けば、お醤油をはじめとする調味料、その他うどんなども買うことが出来ます。

こんなことに気づいて、私はどこかホッとしました。

スイス人の日常生活についても少しお話しましょう。

五軒のお宅ともいずれも大きくて立派な住まいでした。スイスのお国柄でどのお宅も清潔、ガラス窓はピカピカでした。どのように管理するのかといいますと、五軒ともプッツフラウ（掃除婦）を雇っていました。平均週一回、ガラス拭きからカーペットのメンテナンス、台所の流し台磨きまで、フレニイのところでは猫の世話まで！　頼んでいました。大きな庭のある三階建ての住宅のヴォルフガング宅はこのほか植木屋さんも雇っていました。一家の生計を担って働いているディーナは、ベビーシッターと料理人まで雇っています。スイスではこのような労働力を、ほとんど外国人労働者に頼っています。収入が多い割に支出も多い印象でした。

食器洗い機も興味を惹きました。五軒のお宅全部に大型のものが取り付けてありますから、今やスイスの中流以上の家庭なら百パーセント使っていると思います。朝から夜まで一日分の食器を入れておいて、夜一度に洗います。お客様のときなどとても便利だとのこと。けれども私たち日本の台所には、まだ普及していません。まず、一日中汚れた食器をいれて置くとゴキブリが出てきそうです。また、日本の食器は様々な形をしていますから、洗いにくいような気がします。私たちの生活に溶け込むにはもう少し時間が掛かりそうです。また、この食器洗い機を使用すると、高級な食器は洗えないのだそうです。どのお宅の食器も白い、武骨なものが主流でした。ちょっと味気ない気もしました。

(付記) この日記から二〇年後の二〇一二年、我が家も台所改造時に、食器洗い機を導入しました。スイスの友人宅で見たものより多少小型(日本製)ですが、とても便利で愛用しています。

留守の間のこと……

成田到着後、すぐに家に電話をして、長女に最寄り駅まで車での迎えを頼みました。駅頭に降り立ちますと約束通り彼女の姿があり、ホッとしました。

家に到着したらお掃除をして、お洗濯をして……と考えていましたが、家の中はとてもきれいに片付いていました。お手洗いも清潔。お掃除も、お料理も当番を決めていたようで、壁にはその当番表がありました。どうも新米大学生の次女が遊ぶのに忙しくしていたようで、サボりがちのようでした。感心したのは、毎日日記をつけてくれたことです。例えばこんな風に

九月二十二日（日）晴

メモ　風があるけど久しぶりにいい日なので布団を干した。布巾も煮た。明日Iさん（私の友人）が夕飯を差し入れてくれるらしい。ラッキー！

支出　今日はお金を使わなかった。

電話　七時三十分お祖母ちゃんから。十時十分Iさんから。

お昼　とろろそば。

夕飯　とろろ納豆、茄子の焼いたもの、油揚げと白滝の煮物、豆腐サラダ、小魚、梅干し…純日本風です。

簡単ですが充分用が足ります。いつ誰から電話があり、誰から手紙が届いたかすぐに分かりますから、とてもありがたいものでした。両親が留守の間の生活を結構楽しんでいるようでした。それでも十月四日には「とうとう帰ってくる日になった」と一行あり、初めは親のいない自由を満喫していましたが、次第に帰りを待ちわびるようになったのが分かります。二十日間はきっと少し長かったのでしょう。

こんなに頑張ってお留守番をしてくれたのですから、万一お土産が気に入らなかったら大変です。幸いハンドバッグも、お財布も、タンテ・マルタからのセーターも大喜びでした。

すっかり生活も落ち着いてから、持ち帰ったくだんのスープを飲んでみました。するとどうでしょう、臭くて飲めないのです。ウルリケ宅であんなに美味しいと思って飲んだのに、不思議です。そうです、このスープはスイスで飲むから美味しいのです。あの食器、あのテーブル、あの生活空間、あの空気の中で飲むように味付けしてあるのです。日本へ帰ってきて楽しむために作られているのではないのです。

そうです、スイスはやはり西洋の国です。生活習慣も考え方も違います。それに気づいた上で、心して遠い国に住む友人たちと交流を保って行こうと思います。それはもしかすると世界平和に、ほんの少しかかわっているのかもしれません。

旅日記は一九九二年冬、(付記)は二〇二二年七月記

トゥーン湖

四　生活スケッチ

バーゼル・ファスナハト（小さな粘土人形）

1　シュピーゲルアイアー＝目玉焼き

田舎に住んでいたにもかかわらず、両親ともハイカラで西洋好み、特にフランス文化を気に入っていました。そんな影響もあってか、小さいころから大学へ行ったらフランス語を学ぼうと決めていました。初志を貫いて大学一年から四年までフランス語を選択、四年生のときにはアテネフランセへ通ったりして、結構熱心に勉強しました。

一生懸命に学びましたがフランス語は聞き取りが難しく、特にディクテーションがうまくいかず、思うように身に付きませんでした。大学卒業後、フランス系資本の会社へ就職を世話してもらったのですが、その会社の日本進出計画が頓挫し、私の就職話は終わりました。六十年も前の話です。

フランスとフランス語に縁がなかったのでしょう。

新婚間もなく一九六八年から二年間、森田がスイス政府奨学金留学生としてスイス、チューリヒに滞在することになり、私も連れて行ってもらうことになりました。ここで「チューリヒではドイツ語を使う」という問題に突き当たりました。その時点で私のドイツ語知識はほとんどゼロ。急いで、有名なドイツ語学習参考書の藤田五郎著『藤田ドイツ語入門』三巻（第三書房）を教科書にして、独学を開始しました。とはいえ、数か月で身に付くわけはありません。ドイツ語での挨拶の言葉数語を覚えた程度で、スイスへ出発しました。

住んだところはチューリヒ郊外の三階建て学生会館の夫婦用一室で、ここは独身学生用個室より広く、ゆったりしていました。隣の部屋に北ドイツのリューベックから来た神学生ラインハルトが住んでいました。ラインハルトも留学生で、閉鎖的なスイス人とは友だちになれず、そのうち学生会館に住む同じドイツからの留学生ギュンターや、デンマークからの留学生シュテファンと仲良くなり、そこへ森田と私のことも仲間に入れてくれるようになり、私たちの部屋に来てはおしゃべりをしたり、トランプ、シャッハ（チェス）で遊ぶようになりました。

ドイツ語が分からない私は、若くて大きなゲルマン人男子学生三人に圧倒されて、会話に加われるはずもなく、いつもミソッカスでした。ときどき森田に「今なんて言ったの？」と聞いても、答えは返ってきません。森田とて、はじめて生きたドイツ語に接するのですから、すべてが分かるわけでもなかったのでしょう。途中で私の質問に答えている間に三人の話は先へ進んでしまうので、他人を助けている暇はなかったのだと思います。
そんな風に私のドイツ語生活ははじまりました。

ケルンから来ているギュンターはシトロエン車を持っていました。ある日曜日、チューリヒの街を見晴らせる展望台へ、みんなで車に乗り込んで遊びに行きました。ちょうどお昼どきになり、レストランで昼食を摂ることになりました。そのときがスイスへ行ってから初めてのレストラン経験だった、と記憶しています。

シュパイゼカルテ（献立表）が運ばれてきました。
さて、ここで困ってしまいました。そもそも、森田は宗教改革関連の学術用語なら、すでによく知っていますが、日常のドイツ語単語、特にお料理用語などは、あまり学習する機会はありませんでした。シュパイゼカルテを何度読み直しても、どういうお料理なのかさっぱり見当が付かない、と言います。中にただ一つ森田と私、二人が分かる表記を見つけました。
Spiegeleier（シュピーゲルアイアー）
シュピーゲルは「鏡」、アイアーは「複数の卵」ということ、「鏡」がどういう料理法であろうと「卵」ならなんとか食べられるだろう、値段も手ごろだし、と私たちはそれを注文しました。ラインハルトが「えっ、それでいいの？」と不思議そうな反応をしました。

しばらくしてお料理が運ばれてきました。

目の前に置かれたお皿を見てびっくり！　次の瞬間森田と私は笑いだしました。シュピーゲルアイアーは「目玉焼き」のことだったのです！　なるほど、言われてみればそうだわと、しばし笑いが収まりませんでした。ラインハルトも「そうだろう、おかしいと思ったよ」、とここでまたみんなで大笑いになりました。

郊外へドライブに行って、見晴らしのいいレストランへ入り、注文したものが「目玉焼き」！だった。「ドイツ語」といいますと、いつもこの一件（？）が一番先に思いだされます。あれからもう半世紀以上たちます。

この経験が契機となって、私は真剣にドイツ語を学びだしました。スイスへきてドイツ語もものにならないまま過ごした挙句、ドイツ語は私と縁がなかったと、言うのは哀しいに違いないと思いだしたのです。

同じ学生会館に、スラっと背が高く、長いブロンド髪、ドイツはハノーファーから来た女子留学生ウルリケがいました。彼女もスイス人の友人が見つからないまま過ごしていたようでしたが、そのうち「編み物をするからいらっしゃい」、などと誘ってくれるようになりました。このウルリケとの交友関係が、私のドイツ語生活を劇的に変えていきました。彼女との実際の会話を通して、こういうときはこう言う、文法はこうと、特に教えて貰うわけではありませんが、学びは大きかったです。ときどき「ヒロコ、そういう使い方はしないのよ」、と笑われながら、ともかく彼女の真似をして、ドイツ語の感覚を身に付けて行きました。それに加えて、チューリヒ市の職業訓練学校（韓国人、タイ人などたくさんの外国人がいましたが、どういうわけか日本人は私だけでした）のドイツ語講習へ通いました。ここでの若い女の先生は結構厳しかったのですが、まずまずの成績で過ごせたと記憶しています。最後は試しにと思って、チューリヒ大学のドイツ語講座に出てみましたが、さすがにここでは劣等生でした。

それでも生きたドイツ語の中に暮らしていたわけですから、日々学びがあり、ゆっくりと少しずつ進化を遂げて行ったのだと思います。

一方、帰国してしまうとドイツ語を使う場がまったくない生活で、すぐ忘れてしまいます。それを防ぐために、ウルリケをはじめとする友人たちへ、ドイツ語のレッスンを兼ねて手紙を書きました。辞書を片手に、苦労してドイツ語の手紙を書くことも、とてもいい勉強でしたし、彼らからの手紙を読むことで、ドイツ語表現をたくさん学んだように思います。

とはいえ、私のドイツ語力はたかが知れていることも事実です。ドイツ語の新聞をすらすらと読めるわけでもなく、テレビのニュース番組を十分理解できるのでもなく、まして難しい話を聞いたり言ったりできる、というレベルでもありません。ただ五十年来の友人たちと手紙やメールで日常生活の交流が出来、数年に一度渡瑞したときに、充分に意志疎通ができるという程度です。それだけでも、「シュパイゼカルテ」を見ても何も分からなかった最初のころのことを思えば、長足の進歩と言えましょう。

若い日には両親の影響もあってフランス語とフランス文化への夢でいっぱいでした。夢見たことと、現実とは得てして一致しないものです。私の行きついた現実は、ドイツ語とスイス文化だったわけです。ドイツ語とは縁があったのでしょう。

ところで、Spiegeleier はあまり我が家の食卓に上りません。

（二〇二一年八月）

2　ドアンジャイの友情

一九七〇年、森田が留学生活を終えて帰国するとき、私たちはチューリヒ大学学生生協で、日本までの格安航空券を二枚購入しました。貧乏留学生でしたから、正規の料金で二人分の航空券を買うのは不可能でした。手にした航空券は「オープンチケット」になっていて、バンコクで日本行の便を改めて予約する必要がありました。その「オープンチケット」というものがどういう約束なのかも、それがどういう結果を招くかも知らず、暢気に、何も心配せず手にしました。

格安航空券を売るカレドニアン航空は、オンボロ機体にたくさんの乗客を詰め込んで飛びます。私たちはイギリスロンドン近郊のガトウィック空港から飛び立ったのですが、飛び立って四、五時間経過したころ「機体に不具合が生じたのでロンドンへ戻る」との機内アナウンスが流れました。ガトウィック空港へ戻って、半日ほどホテルに滞在し、再び同じオンボロ機体へ詰め込まれました。若かったせいか、この飛行については何も心配などしませんでした。

そして無事、タイのバンコクへ到着。

バンコク空港ではチューリヒでの森田の留学生仲間、女学生のドアンジャイに会う手筈になっていました。

ドアンジャイは森田と同じくスイス政府奨学金留学生でした。少し浅黒い肌で小柄、容貌は私たち日本人によく似ていました。お互いアジア人同士で親しみを抱いて交流がはじまり、他の友人たちと一緒に、彼女を私どもの学生会館の居室へ二度ほど招いて楽しく過ごしました。慣れないドイツ語と、食材不足に苦労しながら、日本風料理でおもてなしをした思い出があります。

どういうわけか、ドアンジャイは留学生活を一年で切り上げて帰国しました。帰国に際しての彼女の別れの言葉が、「バンコクへ来るときは知らせてね」でした。

帰国したドアンジャイと、何度か手紙のやり取りを重ね、母国へ戻った彼女の充実した生活にあれこれ思いを馳せていました。そして瞬く間に一年が過ぎ、私たちが日本へ帰国するに際してバンコク訪問の好機が巡ってきたわけです。私たちはドアンジャイに空港へ到着する日時と飛行機の便名を、前もって手紙で知らせました。

ここまでは問題なく話は進み、無事に再会できるはずでした。

ところが、私たちのオンボロ飛行機は、ほぼ一日遅れて到着。約束した時間は、とうの昔に過ぎ去っていましたから、空港で再会を果たせませんでした。私たちはまったく事情の分からない初めての土地で困ってしまいました。

私たちがバンコク到着後、急いでしなければならなかったことは、「日本へ飛ぶ飛行機を予約すること」でした。そこでタクシーに乗り、街中のタイ航空事務所へ連れて行ってもらいました。事務所に到着するとすぐに、日本行き便の予約を頼みました。事務の女の人は私たちの航空券を一目見て、「この券では日本へは飛べません。新しく日本までの券を購入してください」と、冷たく言い放ちました。そんなお金は持っていないので何とかして欲しいと思っても、複雑な交渉を、私たちの貧弱な英語で出来るわけもなく、また慣れない国で、どう頼んでいいかも分からず、私たちはすごすごとお店を出ました。

その頃、タイのバンコクから羽田までの片道正規航空運賃は、今とは違ってまだまだかなりの高額でした。それを二枚買おうにも、そんな多額のお金を帰国途中の私たちは持ち合わせていません。森田は「親に国際電報を打って、ホテルへ送金してもらおう」と言い出しました。けれど土地勘がないため、どこで国際電報を打ったらいいのかも分かりません。私たちはバンコクの街かどで途方に暮れ、無言のまましばし呆然と佇んでいました。

どのくらいそのように立ち尽くしていたでしょうか、突然森田が

「あれはドアンジャイじゃない？」と言うのです。

見ると広い道路の反対側に自家用車を止めて、お父さんらしき人とドアンジャイ、それに彼女の弟妹らしき子供たちが三、四人立っているのでした。

「地獄に仏」とはこのときの私どもの気持ちを言うのでしょう。

こちらが気づくのと同時に、彼女も私たちに気づいてくれました。互いに駆け寄り、挨拶するのもそこそこに、森田は自分たちの苦境を告げました。

すると、ドアンジャイのお父さんが問題の格安航空券を握って、いま私たちが出てきたばかりのタイ航空の事務所に、つかつかと入っていき椅子にどっかりと腰掛けて、女子事務員たちと交渉しだしたのです。その間どれほどだったでしょうか、程なくお店から出てきたお父さんは、新しい日本行き航空券を二枚手にしていて、私たちに渡してくれたのです！

その航空券は、バンコクから一度香港へ飛び、そこで二日間待って日本便へ搭乗できるように、追加料金もなく手配してくれたのでした。その時の嬉しさ！　お金のない私たちには感謝してもしきれないほど、ありがたいことでした。

どうしてこんな奇跡のようなことが起きたのでしょうか。

ドアンジャイは前日空港で、私たちの乗った飛行機の到着が遅れると知って、その日改めて空港へ行ったのだとか。そんなドアンジャイの思いも知らず、私たちはもう空港を後にしていましたから、逢えませんでした。彼女はお父さんとあちこち探し廻った後に、街の中央へ出てきて、ちょうど車を止めて降りたところだったというのです。いろいろ探してくれたという親切にも頭が下がりました。聞けばドアンジャイのお父さんは国家公務員のお偉いさんでした。ちなみに、五十年以上前のタイ社会では自家用車を持てる人は数少なく、そういう点からも特権階級に属する人だったのでしょう。そのお父さんが「この（私たちの持っている）航空券で日本へ帰国できるように取り計らってほしい」、とタイ航空の事務員たちに頼んでくれたのです。偉い方の頼みだったから事務員たちも従ってくれたようでした。お金もない、言葉も充分に通じない日本人夫婦の訴えなどでは、取り合ってもらえませんでしたけれど。

次に、なぜ私たちの航空券が役に立たなかったのでしょうか。それは一九七〇年といいますと大阪万国博覧会が開催された年で、アジア諸国、もちろんタイからも、たくさんの人が大阪万国博見物に出かけるため空の便は混雑していて、格安オープンチケットが潜り込める便も、もうすでにありませんでした。まだ、情報手段も未発達の時代のこと、また知識不足だった私たち、何も考えずふらふらと行動して突き当たった困難、若かったとしか言いようがありません。

航空券問題が解決して一安心してから、ドアンジャイにバンコクの街を案内してもらいました。途中で飲んだ飲み物が、日本の慣れ親しんだ味とはまったく違い、かといって束の間馴染んだスイスの飲み物とも違って、とても不思議な味、異国の味がしました。そのとき私の中ではタイ国は、スイスよりずっと遠い国に思えました。

チャオプラヤー川クルーズに誘われ、沿岸に居住するたくさんの水上生活者の貧しい姿も目撃しました。日本にもまだそのような光景は見られたのかもしれませんが、私の知る限り見たことがない風景で、とても衝撃を受けました。その日の夕方ドアンジャイに別れを告げて、慌ただしく香港行きの飛行機に乗っても、ドアンジャイの友情とタイ国の現実の姿がちぐはぐなままでした。香港で二日間ぼんやり過ごし、日本行きの便に搭乗できた時は、とても嬉しかったのを覚えています。

帰国後すぐにドアンジャイに無事の帰国を知らせる手紙と、お礼に私共が買える程度のパールのブローチを送りました。その後も何年か交流は続きましたが、お互いに引っ越したり、子育てに追われたりするうち、手紙も途絶えてしまいました。

タイのお国も近年は政情不安で、たびたび過激なデモなどが報道されます。その度にふと、バンコクの街中でお金がなくて立ち尽くしたことを思い出し、「ドアンジャイはどうしているかしら。元気かしら」と話しています。

＊　＊

バンコクの街中で途方に暮れて立ち尽くしていたときに、ドアンジャイに遭遇して助けてもらったことは、「困った人を見たら助けてあげなさい」という教えだったと理解しています。

あるとき、東京駅で喫茶店を出たところで女の人に声を掛けられ、「すみません、お財布を落としてしまって家へ帰れません。電車賃を貸してください」と頼まれました。同情した私は千円札を貸してあげて、お互いに住所を書いた紙を交換しました。

しばらく待ってもお金は送られてきません。気がかりなので、その話を実家の母に聞かせると、母が話途中で「それは寸借詐欺というのよ」と一言。

えっ！　ああ、親切にするのも見極めが必要なのです。

人生には、まだまだ学ぶことがあるのです。


（二〇二一年八月）

3　バーゼルの虹

スイスはバーゼルに半年ほど暮らしていたときです。

バーゼルの街はドイツ、フランスと国境を接し、街の真ん中をライン川が悠々と流れています。住み始めたのは四月でしたが、毎日毎日雨が降り、春だというのに冷え込んで、外出には厚手のコートを手放せませんでした。

そんな日が一週間も続いて、いささか日本の春が恋しくなっていたある日の夕方、束の間雨が上がり太陽が顔を出しました。窓辺から明るくなった外を見ますと、虹が見えました。嬉しくなって、小さい子供のように走って川辺へ降りて行きました。虹の橋はくっきりとした七色を示し、とてつもなく大きな弧を描いて、ライン川を挟んでスイス領からドイツ領へと架かっています。

この美しい自然のショーを見ているうちに、次第に数日来抱いていた鬱屈がどこかへ抜けていくような気がしました。

私は坂東太郎の川辺で育ちました。自然がいっぱいの川の景色は幼いときも、また長じてからもいつも身近に感じます。大学進学を前にしたある夕方、ささいなことで両親と意見が対立し、私は気晴らしをしたくなって川べりに出て行きました。ちょうど雨が上がって雲が切れ、まだ濡れている真っ赤な夕日が川面を赤く染めながら、ゆっくりと沈んでいくところでした。言葉では言い表せない美しさで、その景色を眺めるうちに私の苛立ちはすっかり落ち着いたのでした。

「川」が私の目に意味を持って映るようになったのは、高校で鴨長明『方丈記』を学んでからです。あの有名な冒頭、「ゆく河の流れは絶えずして、しかも、もとの水にあらず。よどみに浮かぶうたかたは、かつ消え、かつ結びて、久しくとどまりたる例なし」、このくだりの印象は強烈でした。中世の文学と言いながら、そこに述べられていることは決して古臭くなく、自分の毎日接している利根川に的確に相通じていて、よく理解できたのです。それ以来川辺は、私にとって単なる遊びの場だけではなくなりました。常に新しい水面を見せ、黙って流れていく川が力強く、頼もしく、励ましてくれるような気がしはじめたのです。そして、川辺に行くと心が休まるようになったのでした。

それは故郷を後にしても、私の世界にしっかりと根付いています。

バーゼル滞在中、あの虹の日の後も、たびたびライン川の風景に会いに行きました。橋の上に立って周りの景色を眺めていると、外国にいることを忘れ、力が湧いてくるように思えるのでした。このように川を身近に感じながら、異土での精神のバランスを保っていたのだと思います。

（二〇〇一年五月）

4 ……どちらが気に入りましたか

若いころチューリヒに前後三年暮らしたという理由から、再びスイスに滞在するというときは、もちろんチューリヒに住みたいと思いました。ところが森田が、バーゼルに住む留学時代の友人に連絡を取ったところ、「それならバーゼル大学にいらっしゃい」と誘いをうけ、住まいもバーゼル大学の宿舎に入れていただけることになりました。

バーゼルはチューリヒから列車で一時間ほど、ドイツ、フランスに接する国境の街です。悠々と街の中央を流れるライン川、そのライン川に影を映す色彩豊かな屋根をのせたミュンスター

（大聖堂）、中世の面影を色濃く残す家並み、エラスムスも歩んだであろう石畳の道……どこも長い歴史に育まれた趣があります。

ここに住むようになった私は、すぐにバーゼルに魅せられてしまいました。そして暇さえあればあちこちと街を散歩して歩くようになりました。そんな中である日、偶然親しくなった老婦人に、私が以前チューリヒに暮らしていたことがある、と話すと「バーゼルとチューリヒ、どちらが気に入りましたか」、との質問を受けました。私は一瞬戸惑いました。というのも、その時まで考えたこともない問いかけだったからです。この老婦人が「もちろんバーゼルです」という答えを得たいのだということは、私のわずかな滞在経験からでもすぐに分かりました。

バーゼルの人たちの郷土愛は格別です。「バーゼルは文化、芸術の香りが高い街」を旗印に、市民は一致団結してチューリヒと張り合っている感があります。確かに市立美術館はかの有名なホルバインのルター像、エラスムス像をはじめとして、レンブラント、セザンヌ、ピカソ、クレーなど、あらゆる時代の名画を多数所蔵していますし、他に現代美術館、歴史博物館もそれぞれに充実しています。先ごろには郊外に建物、展示物の両方を誇るバイエラーファウンデーション美術館がオープン、ここでの昨春の抽象表現主義の画家マーク・ロスコ特別展には、ヨーロッパ中から鑑賞者が訪れたと言われています。この文化、芸術を重んじる精神は、偉大なる人文主義者エラスムスがバーゼルに魅力を感じて訪ねてきた時代からずっと、何百年も引き継がれた筋金入りのものなのです。

一方のチューリヒは金融都市、観光都市として、その名を世界にとどろかせています。チューリヒ湖に臨む明るく美しい街で、中央駅から湖まで伸びたバーンホフシュトラーセ（駅前通り）は銀行や、ヨーロッパの超一流ブランドショップが軒を並べ、観光客で溢れていて活気がありま す。夏の一時期などは日本人観光客が右往左往し、さながら東京の銀座のようですが、この光景を見ますと、バーゼルの人たちがチューリヒの人たちを「お金儲けばかりに熱心」、と揶揄するのも分かります。それに対してチューリヒは、芸術だけでは生きていけない、生活基盤が整わなければと、バーゼルからの批判もどこ吹く風と聞き流しているような感があります。

私に言わせれば、チューリヒにはチューリヒの良さ、バーゼルにはバーゼルの良さがあり、優劣は付けがたいと思っています。けれども、どうもバーゼルの人々にはそうも言っていられない節があります。

バーゼル州がスイス連邦加盟五百年記念祭を挙行したとき、その記念式典をミュンスターに見学に行き、隣に座っていたご夫妻と親しくなりました。話が弾むうち奥さんが「どこでドイツ語を習いましたか」、と聞いてきました。私は何も考えずに「若いときにチューリヒに住んだことがあるんです」、と答えました。するとその奥さんはウインクしながら「私たちはチューリヒとこれなのよ」と、右手の人差し指と左手の人差し指でバッテンを作りました。それまで黙って聞いていたご主人まで、身を乗り出してきて、「そう、チューリヒは金儲けばかりさ、そこへいくとバーゼルは芸術の街でね」と、バーゼル礼賛をユーモア交りに語り出したのでした。そしてお決まりの「バーゼルとチューリヒ、どちらが気に入りましたか」、という質問が私に向けられたのでした。

その後も何かというとこの質問を浴びせられました。そのたびに私は内心ニヤリとして「どちらも好きです。でもバーゼルの方が少しいいかしら」と答えることにしていました。これはバーゼルに滞在させてもらっていることへの感謝の意を込めた答えのつもりでした。それに実際のところ、バーゼルの街はすっかり私を虜にしてしまったのです。

夏も過ぎるころ、思いがけぬ暑さからの疲れでダウンし、病院へ行く羽目に陥りました。ストレッチャーに寝せられ、国籍から病状、それにスイスと私のこれまでの関係などをそれはそれは詳しく尋ねられた後、医師から究極の質問を受けたのでした。
「バーゼルとチューリヒ、どちらが気に入りましたか」と。

投稿誌『わいふ』二九六号掲載（二〇〇二年七月）

5　日本文化よ、どこへ行く……

ユルクは生粋のスイス人です。スイスの東北の端、ドイツとの国境にあるボーデン湖をのぞむ山村出身。二十五、六年前に私たちが幼い娘たちを連れて行ったとき「日本人の子どもを見るのははじめて」という村人がたくさんいた、というほど鄙びた村です。

神童だったユルクの兄ペーターがその村ではじめてチューリヒ大学へ進学、二年後弟のユルクもチューリヒ大学へ。ユルクは大学で天性の語学の才能を発揮し、英語、フランス語、ロシア語、イタリア語、中国語、少しの日本語を身に付けながら、世界を広げてきました。現在彼はジュネーヴ大学で中国学を非常勤で講じています。奥さんのディーナはユダヤ人、娘のハンナは十四歳、息子のルイスは九歳の四人家族です。

この夏の初め、彼から「家族全員の浴衣が欲しい」と言ってきました。ユルクと浴衣の関係は二十年ほど前に遡ります。彼が初めて日本へ遊びに来たとき、日本旅館で出された浴衣の肌触り、くつろぎ感にすっかり虜になり、是非スイスへ持って帰りたいと言い出しました。そこで、まだ針仕事をしていた私の母が、彼に浴衣を縫ってプレゼントしたのです。その浴衣を、彼はそれこそ長い間大切に着ていたのですが、最近いよいよくたびれてきたので、この際家族全員の浴衣が欲しいと思い立ったらしいのです。

浴衣ねぇ、わが家にも浴衣はありますが、もうだいぶ長い間袖を通したことがありません。今の私たちの生活の中で浴衣を着てくつろぐ習慣がない、というのが実情です。子どもたちも小さいころは、おばあちゃんに縫ってもらった浴衣を着て喜んでいましたが、大きくなってからは

「実用的でない」、と言って見向きもしません。

こんなわけで、もう久しく浴衣売り場に足を運んだことがありません。どのような品物が、どの程度の価格で売られているのか。ユルクの注文を受けて、私は突如浴衣を求めて走り回る羽目に陥りました。早速、デパートを覗いてみますと、モダンな柄に意表を突く色合いの浴衣がたくさん売られています。値段の高いのに驚きました。こんな高い浴衣を誰が買うのだろうかと、不思議に思いました。一方近所のスーパーマーケットには、浴衣、帯、履物が三点セットになって、驚くような安値で売られています。どこからみても、若い娘さんたちが花火見物のときに利用するのをイメージしているような感じです。つまり、もはや浴衣は単なる家庭内のくつろぎ着ではなく、一種の外出着に昇格したということでしょうか。

あまり高価ではなく、かといってあまり安物ではなく、ほどほどに伝統的な色と柄を求めてデパートからスーパーマーケット、専門店と十軒ほどのお店を見て回りました。でも、手ごろな値段で、色柄が気に入ったものはなかなか見つかりません。半ばあきらめ気分で入った呉服専門店で、幸いなことに前年のデザインだというので、かなり上質の浴衣が半値で売られているのに出会いました。スイスで着る浴衣に流行は関係ないはず。私はそれに飛びつきました。ユルクにはシックな趣のもの、ディーナには山吹色系のもの、娘のハンナには「ヒンメルブラウ（空色）」という、彼女の希望にかなったものが手に入りました。それぞれの浴衣に合った色の帯を付け、「着付けの仕方」の書付もぬかりなく入れ込み、いそいそと荷造りしてスイスへ送り出しました。

残念だったのはルイスには浴衣を見つけられず、仕方なく「甚平さん」を送ったこと。どこのお店でも、男の子の浴衣はせいぜい小学校低学年までのものしか扱われていませんでした。今の時代、元気な日本の小学生高学年から中学生の男の子は、たとえ花火見物にでも浴衣など着ないのでしょう。もはや『しろばんば』や『次郎物語』の中の着物姿の男の子を見つけるのは、無理なのかもしれません。

ほどなく、「浴衣と甚平さんが到着。ダンケシェーン。毎日「着付けの仕方」を見ながらお稽古をしています。そのうち浴衣を着た写真を送ります」、というメールが届きました。

築四百年という中世の面影を残す住まいの、あの天井の高い、広い居間で、ユルク一家が悪戦苦闘しながら浴衣を着付けている様子を想像するのは、ちょっぴりおかしくもありました。その一方で、彼らがあの「檜のお風呂」に入った後で浴衣を着てくつろいでいることを考えると、なんだか私は落ちつかなくなってくるのでした。

そう「檜のお風呂」……。

ユルクの住まいには檜の風呂桶があります。これもその昔、日本旅館の檜のお風呂がいたく彼の感性を刺激したのが始まりです。「日本式の木製のお風呂は深くて、よく身体が温まる」と感心して、母国へ帰って行きました。その後長い間、いつか日本式の檜の風呂桶を備え付けたお風呂場を持ちたい、と願っていたようです。そして、ついに一昨年ジュネーヴの旧市街一等地の伝統ある中世の建物三階に、百平方メートルの住まいを購入したのを機に、その一角へお風呂場を作り檜の風呂桶を設《しつら》えたのです。

ことは簡単には進まなかったようです。

お風呂場はどのように作ったらよいか、からはじまって、風呂桶の木は何がいいのか、檜がいいのなら、それをどこで手に入れるか、風呂桶を誰に作ってもらうか、日本に発注するのか、またはスイスに作れる人がいるのかなどなど、たくさんの問題が彼の前に立ちはだかったようです。けれどもチューリヒ大学時代の友人、建築家のロルフの助けを借りて問題を一つずつ、語学を習得する熱心さと同様のエネルギーを使って研究して解決、ほぼ二年がかりで待望のお風呂場と檜の風呂桶を手に入れたのでした。

風呂桶がいよいよ到着した日、ユルクからメールが入りました。

「檜の香りがとてもいいよ。よく温められて心地いいです。満足しています」と。そして「湯上りには浴衣を着てくつろいでいます」とも。

その後、ユルクのたっての願いで、当時ちょうどバーゼルに滞在中だった私たちは、彼の浴室見学に出かけました。間口一間半、奥行き二間ほどのお風呂場は天井が高く、日本のもののように床全体にクンクリートを打って、水が隅っこの排水溝から流れるようになっています。画期的なことは、湯舟の外に簀の子を置いて身体を洗えるようにしたこと。これがポイントなのだと、ユルクは半ば自慢げに主張します。風呂桶は大きめの四角い箱型。アメリカ産の上等な檜だそうで、バーゼルに物好きな（？）スイス人の大工さんがいて、その人が試行錯誤しながら製造してくれたということでした。

そこに立って、私はなにか不思議な気がしました。

今の日本では木の風呂桶は傷みが早い、管理が大変という理由から、どの家庭でも使わなくなりました。檜の湯舟など、日本式高級旅館へ行かなければ見られません。浴衣もしかり、風呂上りに浴衣という日本文化は、主に旅館にしか生き残っていないように思います。ほとんどの日本人がもはや捨ててしまった文化を、こともあろうにスイスの一市民が楽しんでいるのです。これをおかしいと思うのは私だけでしょうか。

明治維新この方、西洋に追いつけ追い越せを合言葉に、学問から日常生活に至るまで、私たち日本人は西洋文化を積極的に取り入れてきました。その結果として今のように便利な、合理的な生活スタイルになりました。もちろんそれはそれでいいことだったと思います。けれどもその洋風化の過程で、私たちは独自の日本文化を、あるときはやむを得ず、またあるときは至極あっさりと捨て去ってきました。今になって、自分たちの文化をあまりにも簡単に捨ててきたことに愕然としている人は少なくないはずです。

一つの文化というものは長い年月をかけて、その土地の気候風土、民族、言語などと密接な、かつ複雑な関係を織りなしながら発展してきたものと言えます。本来、日本はアジア大陸の外れに位置しているがゆえに、昔からアジアのいろいろな国の文化の影響を受けてきました。つまり現在の日本文化は東洋の文化の混合体といえます。その混合体の文化が、今や世界中の文化の混合体、得体のしれない文化になっていく傾向にあります。こういった流れをせき止めることはできません。世界が次第に小さくなり、お互いの影響を早く大きく受けるようになった今、孤立して自分たちの伝統文化を守ることも難しくなっています。それに、お互いの国の文化を学んで理解を深めるのは、平和な世界を築くうえでとても大切なことだ、といたるところで言われているのですから、勢い外国文化が抵抗なく受け入れられる傾向にあります。

そうは分かっていても、ユルクの浴衣や檜の風呂桶の生活を考えると複雑な気持ちにならざるを得ません。この分ですとそのうち浴衣も、檜の風呂桶もスイスと言わないまでも、どこか外国へ行かなければ見られないなんてことになるかもしれません。そんな時代がもうすぐそこまで来ている気がしているのは、私だけではないと思います。

そんなある日、テレビでガーデニングの番組が映し出されていました。

東京近郊の洋風建築のお宅のお庭にはきれいなお花がいっぱい咲いています。長い間イングリッシュガーデンを作るのが夢で、家を新築したのを機会にお庭もイギリス風に作り替えたのだと、出演者の婦人が嬉しそうに話しています。

ああ、きれいだこと、英国式庭園を楽しんでいる人がいるんだわ、イギリス国民もきっと喜んでくれるわ、映像を見ていて気持ちが和みました。

ふと、ユルクの妹のフレニー夫妻を思い出しました。彼女たちはチューリヒ郊外に家を新築し

フレニーとヴォルフガング夫妻　撮影 2001 年

たとき、居間の前に開けた、さして広くもない空間を日本式庭園にしました。奥には笹竹、その中に雪見灯籠、手前には枝ぶりの良い五葉松を置き、その下に蹲《つくばい》、そこには竹製の柄杓まで用意するという念の入れようです。

「ネ、いいでしょう？　私たち本で一生懸命日本庭園を勉強したのよ。雪見灯籠が素敵でしょう？」とフレニーは自慢します。まだ造園したばかりで庭は本来の味を出し切っていませんが、彼女の美的センスに感心してしまいました。スイス人の家庭で日本式庭園を見ているのは妙な気がしないでもありませんでしたが、このように日本文化を愛でてくれる彼女たちに感謝したい気持ちになったのも事実です。

人は異文化に強く憧れます。自分が気に入った文化を、生活の中で実現できるのは素晴らしいことです。

確かに外国文化を取り入れた当初は、どこかアンバランスな気がするでしょうが、次第に自分の国、生活の中に合わせて根付かせていくうち、決して借りものではない独自の文化として根付いてくるものです。それは過去の歴史を繙けば、おのずと分かります。もっと先へ行って歴史を振り返ったとき「二十世紀後半から二十一世紀はじめにかけて、世界の国々の文化交流は最も盛んな時代であった」、などと解説されるのかもしれません。「そういうことから平和な世界が創られるようになった」、とも付け加えられるかもしれません。

とすると何も憂えることはない、と気持ちが軽くなり、いつの間にかマイナス思考から抜け出している自分に気づきました。これからもスイスやドイツの友人たちの間に、日本文化への関心を高め、広めていくように、及ばずながら努力していこうと思ったのです。

間もなくまた、ユルクからメールが入りました。
「檜の風呂桶、水漏れがして目下修理中。木の湯船の管理やいかに？」
水漏れのする風呂桶を前に佇んでいるユルクの姿が脳裏をかすめました。そして、ユルクとの交友が一段と楽しくなっていく気がしました。

投稿誌『わいふ』二九八号　掲載（二〇〇二年十一月）

6 『フェルマーの最終定理』を読んで

主人の在外研究で半年ほどスイスのバーゼルに住んだとき、同じバーゼル大学の宿舎にWさんという日本人の若い女性研究者が住んでいました。あと一か月で私たちが帰国するというころ、我が家で一緒にお食事をしました。

楽しい団らんの中で本の話になり、彼女から「『フェルマーの最終定理』を読みましたか」、と聞かれました。約三五〇年ぶりにその数学の定理が証明されたことを受けて、その本は証明されるまでの長い歴史の中で、どのようにしてたくさんの数学者たちがフェルマーの最終定理に関わったか、が書かれているというのです。おもしろいから是非読むように、と勧めてくれました。数学が苦手な私は乗り気ではありませんでしたが、Wさんの熱心な誘いでその本（サイモン・シン著　青木薫訳）を彼女から借りて読むことになりました。

これまで聞いたこともないフェルマーという数学者とフェルマーの最終定理

【nが3以上の自然数であれば　方程式　$X^n + Y^n = Z^n$を満たすX、Y、Zは存在しない】

という専門分野についての解説は分かりようもなく、その辺は飛ばしながら読み進めました。数学の歴史を繙きながら、数学の世界のこと、数学者は若いときが勝負であること、優秀と目されてきた人たちの若くしての死、性格が災いして才能を無駄にした例など、ひとつひとつ興味を引く話ばかりです。

読み進むうちに、谷山豊と志村五郎という、二人の日本人に出会いました。私はこの人たちのことを、いままで名前すら知りませんでしたが、この本ではかなりの紙幅が割かれています。谷山氏が若くして自殺するくだりも、詳しく書かれていて衝撃を受けました。この二人は、フェルマーの最終定理を証明する上で、大きな糸口となった「谷山・志村予想」という、とても重要な仮説――私にはまったく理解はできないのですが――を提起しているのです。数学の世界でも、このように日本人が活躍しているのを知って感激しました。二人の活躍したのは、私が中学生から高校在学の昭和三十年前後のことになります。

ふと、義兄（姉の夫）が東大で数学を学んでいたのを思い出し、早速聞いてみました。確かに谷山、志村両氏をよく知っていました。二人は義兄より五歳ほど年下で、当時二人の主催するセミナーなどを、義兄は聴きに行ったというのです。「数式を見たとき、普通の数学者では気が付かないことを、「ここは何かおかしい」というようにひらめいて、やっぱり二人は素晴らしかった」との義兄の言でした。義兄も『フェルマーの最終定理』をすでに読んでいたので話がよく通じ、数学の世界が急に親しいものに見えだしました。

そんな後押しもあって、一九九三年ワイルズが証明し、その初めの証明にどのような欠陥があったのか、そして一年後その欠陥を補って、遂に証明しきったところまで一気に読むころには、すっかりお話の虜になっていました。

どういうわけか数学が苦手な私の周りには数学を勉強した人、研究した人が結構います。今述べた義兄をはじめとして、尊敬している恩師（女性）も、高校の数学の先生を定年まで勤め、今も勉強を続けていますし、三十年来の友人であるスイス人女性も、チューリヒ大学で数学を学び博士号を取得しています。私はこの友人に『フェルマーの最終定理』について話してみました。すると彼女は、「もうすでにドイツ語で読んだわ。証明されるまでの歴史がとてもエキサイティングで面白かったわね。あの本は何も数学者の本ではないのよ。数式を飛ばして読んでも、充分楽しい本ですもの。そうそう、あの定理には、二人の日本人数学者が重要な関りを持っていたわね。私は日本でも、このように数学が盛んに研究されているのを知って驚いたわ」と語り、門外漢の私がこの本を読んだことを驚くと同時に、とても喜んでくれたのでした。

ときあたかもアメリカ同時多発テロ（二〇〇一年九月一一日）のあった頃で、スイスの新聞もテレビもその報道に終始していました。その中に時どき「パール・ハーバー」とか「カミカゼ　アタック」という言葉が出てくるのです。私は、自分の過去をなじられているような気がしました。真珠湾攻撃や神風特攻隊のことが、今の若いスイス人たちに正しく理解されるのだろうか、言葉だけが歩いているようでは恐ろしいことだ、と思いました。

一方において、数学の世界で「フェルマーの最終定理」における谷山、志村両氏のような日本人数学者が活躍していることを知っているスイス人は、どれほどいるのだろうか、とも考えました。そして、ことほどさように、良いことは人々に知られにくく、あまり知られたくないと思うことは、受け取り手が詳しく分からずとも広まりやすいものだ、とも思ったのでした。

とまれ、身近にこの本をすでに読んだ人が結構いたことは驚きでした。苦手な数学の世界の本をしり込みしながら読むことで、自分の世界は確実に広がったように感じました。

Wさんに勧めてもらわなかったら、決して読まなかったと思います。

Wさん、ありがとうございました。

フェルマーの最終定理が、どのように証明されたかに興味のある方は、実際に次の本を読むことをお勧めします。

サイモン・シン著　青木薫訳『フェルマーの最終定理』二〇〇〇年一月　新潮社（二〇〇一年一〇月）

7　『ベルリン1919』、『ベルリン1933』、『ベルリン1945』

（クラウス・コルドン著　酒寄進一訳　各上下巻　岩波少年文庫）

この六冊の本は本来岩波少年文庫に入っている本です。そういうことから考えますと、大人の読む本ではないと思うかもしれませんが、決してそうとも言い切れないような気がします。私は来年八十歳になりますが、読み終わって感動しましたし、多くを学びました。

このシリーズは第一次世界大戦の終わりから第二次世界大戦が終わるまでのベルリンの労働者一家のお話です。フィクションですが、多分著者は実体験の上に、これまでに見聞きした話を上手に組み立てたのだと思います。著者は一九四三年生まれ、ちょうど私（一九四一年生まれ）と同じ世代です。ベルリンに生まれて旧東ドイツで育ちますが、一九七二年には西側への逃亡を試みて失敗、一年間拘留されたりした経験を持ちます。様々な職業を経た後、作家としてデビューします。

最初に題名の意味に注意したいです。「ベルリン三部作」で取り上げられている一九一九年、一九三三年、一九四五年はドイツの歴史にとってとても重要な年に当たります。それぞれ、第一次世界大戦後に帝政が崩壊して混乱した社会、ナチスが台頭してきた時期、第二次世界大戦後の混乱の時代となっています。

第一部

『1919年』はベルリンの労働者一家の長男、十三歳の愛称ヘレが主人公です。第一次世界大戦末期のドイツ革命でヴィルヘルム皇帝はオランダへ逃亡、帝政が終焉します。ヘレの父親は戦争で右腕を失って帰宅、その後は思うような仕事に就くことが出来ません。一家を担っているのは母親で、工場で働いています。ヘレは学校から戻ると、両親が帰宅するまで妹マルタと弟ハンスの世話をしています。ヘレたちの両親をはじめとする労働者階級は豊かさと、平和な社会を求めて社会主義革命へと突き進むのですが、共産党と社会主義労働党がうまく協力できず、革命は頓挫してしまいます。

第二部

『1933年』ではヘレの弟ハンスが主人公です。ハンスは前の巻で、栄養失調のような赤ちゃんとして書かれていて、育つのかどうか気になっていましたが、無事に成長して十五歳になり、工場労働者として働き家計を助けています。生活は相変わらず貧しく、この貧しさを利用してナチスが台頭、ナチス突撃隊が組織され不穏な空気が漂い始めます。ハンスも友人との挨拶に「ハイル・ヒトラー」と言わなかったがために、暴力を振るわれたりします。このナチス突撃隊には、ハンスの姉のマルタのボーイフレンドも参加しています。

ヘレは結婚して妻と娘エンネの三人で、オンボロアパートに住んでいます。

国会議事堂放火事件が起きますが、それをナチスに反対するもの＝共産党や社会主義労働党の人たちの仕業と、ナチスが濡れ衣を着せて次々と共産主義者、社会主義労働党員を逮捕していきます。ヘレ夫婦も逮捕され、赤ちゃん（エンネ）はヘレの両親に辛うじて救い出されます。その後もハンスはナチス突撃隊から度々暴力を受ける場面が書かれますが、ここではまた、ハンスのユダヤ人のガールフレンドが登場し、彼女を通して当時のユダヤ人問題が述べられます。

第三部

『1945年』はヘレの娘エンネが主人公、前の巻で赤ちゃんだったエンネも十三歳になります。第二次世界大戦終末のころ、日夜襲ってくる連合軍の爆撃に防空壕で、おののく市民の姿や、ベルリンが廃墟と化してから進駐してきたソ連軍の残虐行為、ベルリン市民は大人も子供も食べるものもなく、人を裏切ったり、裏切られたりしながら瓦礫の中を生き延びていく様子が描かれています。そんな中で、ヘレの末弟ハインツが東部戦線から離脱、脱走兵としてベルリンへ戻り、終戦まで身を隠しながら生き延びていきます。

戦争が終わると、エンネはいろいろな秘密を知ることになります。まず、自分の両親だと思っていた人たちは実はエンネの祖父母で、自分には本当の両親がいること。反体制活動家の父親ヘレは、十二年という長い刑務所生活と収容所生活を生き延びて帰宅。母親は収容所での厳しい取り調べに、最後は力尽きて亡くなります。叔父さんのハンスも、抵抗運動の中で命を落としてしまいます。

マルタという叔母さんがいることも、エンネははじめて知ります。十三歳の娘にとって、いろいろな事実を知ることは辛く堪えがたいことでしたが、戸惑いながらも次第に受け入れ、亡くなったハンス叔父さんのガールフレンドや父親ヘレ、祖父母と共に明日を夢見て生きていくところでお話は終わっています。

その後のこの一家については、著者あとがきで知ることができます。

感想として……

改めて【マルタの生き方】に焦点を当てて見てみます。

『1919年』の巻では、マルタは就学前で、きれいなものが大好き、十二月二十五日はクリスマスであると同時に、自分の誕生日であることをとても楽しみにしている、というごく普通の可愛い女の子です。両親と兄が留守の間は、幼いのに同じアパートの上の階に住む、貧しいお婆さんのスリッパ製造の内職の手伝いをして過ごしています。心の隅ではいつももっといいものや、きれいなものが欲しい、美味しいものを食べたいと思っていて、母親の知人からもらったお古のコートにも喜び、お婆さんが古い生地で縫ってくれたブラウスにも大喜びします。

『1933年』の巻になると、彼女は「もっといい生活をするにはどうしたら良いのか」、と積極的に考えるようになります。「ナチスの世の中になれば豊かになる」、というナチス突撃隊に入っているヘレの友人の言葉を、素直に信じるようになります。彼女はナチスが、両親や兄弟と考え方が違うのは十分承知していながら、今の貧しい生活から抜け出したい一心で、この人に付いて行こうと決心します。親兄弟との間が決定的に決裂したのは、国会議事堂が放火された後にナチスが手当たり次第に反体制者を逮捕、連行したとき、その同じトラックに突撃隊員として、マルタのボーイフレンドが乗っていたことを、両親が目撃したときでした。こうしてマルタと家族の関係は途切れてしまいます。

『1945年』の巻では、ベルリンが徹底的に破壊された中、夫は東部戦線で戦死、ベルリンの住まいも爆撃で失ったマルタは、二人の男の子を連れて実家を訪ね、許しを請います。両親は涙ながらに言い訳する娘のマルタを、頑として許しません。和解がなるのは戦後しばらくしてのことで、和解を取り持ったのはヒトラーユーゲントにも入り、後にはナチスの兵隊として参戦し、最後は脱走兵となった末弟ハインツだったとあります。

エピローグで、その後マルタは再婚、ミュンヘンに居住したとあります。ナチス支配下で、束の間マルタはある程度思い描いた生活が出来たものの、夫が戦死して挫折を味わい、戦後再び苦労したでしょう。本の中に描かれたマルタの姿は、戦中、戦後の混乱したドイツ社会にはよく見られたのではないでしょうか。それは時代の波に押し流されて生きる庶民の姿でもあるのです。

マルタは豊かな生活をしたい、と体制側のナチスに付きます。一方、マルタの両親兄弟はナチ

スの危うさを見抜いて、反体制を貫いて生きます。そういう構図でこの本を読むことが出来ます。そこに主義を貫くことの難しさと尊さを、読み取ることが出来ます。これは何もベルリンの古い話ではありません。今も身近に散見できます。現に香港の政治情勢などまさにこの構図だと思います。

そしてまたもう一つ、マルタを通して全体を流れる通奏低音「貧困、貧しさ」について一言。この貧しさは、第一次世界大戦後多額の賠償金を請求されて困窮したドイツだけのものでもなく、この時代世界中どこでも、日本もその例に洩れず、同じだったようです。だからこそ、世界は二つの大戦を経験しなければならなかったのでしょう。としますと、このように貧困に苦しめられた時代があり、その上に現在の豊かな社会がある、と思って読むこともできると思います。そしてなお、読み終わった後しみじみと、平和であることは何よりも大切だ、と思います。人は自分が生きる時代を、自ら選択することはできません。今ここにいる私たち世代はいい時代に生まれ、そして生きた、と感謝の気持ちが湧いてきます。今の平和な時代を、次の世代へ繋いでいくことを忘れないようにしたいです。

そういう点からも、先ごろの学術会議会員の任命拒否問題なども、見過ごさずに大いに関心を持っていたいです。この件について、岩波書店『図書』十二月号に藤原辰史氏が「今回の学問弾圧は滝川事件やナチスの焚書など、戦前の言論弾圧に似ている」、と書いているのに目が止まりました。危ういことだと思います。流されているうちに、いつか取り返しのつかないことにならないよう、心していきたいと思います。

武蔵小金井市歴史勉強会でのまとめ（二〇二〇年十二月）

8　バルト海にて

「バルト海へ行ってみない？」という娘の声に誘われて、親子三人で旅に出ました。

娘の留学地ドイツ北西部の町から、何度も電車を乗り換えて、四百七十キロ近く離れたバルト海に近いロストックの街に到着したのは、夕方七時でした。途中、旧東ドイツ領内の街シュヴェリーンとヴィスマールを見学しながらの旅で、還暦前後の年齢になっていた森田と私は、ホテルに着くとすっかり伸びてしまいました。娘は元気で「海を見に行かない？」と誘ってきました。それは「一人で行ってもつまらない、せっかくここまで来たのだから三人で海を見たい」、という思いを含んでいるのがよく分かりました。

娘の成長を感じました。私たちが若いとき、小さい娘たちを気遣いながらヨーロッパ中をあちこち連れまわして、旅をしました。それが今はすっかり力が逆転し、その娘にいたわられているのです。年月を重ねるということはこういうものなのだ、と改めて思いました。

一休みして僅かばかりの元気を取り戻し、ロストックからヴァルネミュンデまで二十分ほど電車に乗り、バルト海に辿り着きました。

バルト海は夕日に照らされて静かです。砂浜にはたくさんの人々が行き交っています。寄り添って語り合う恋人たち、ビーチボールを投げあって遊ぶ人々、夕日の中で泳いでいる人、犬を連れて散歩する人などなど。私たちも久しぶりに海辺に立って、その雄大な広がりに感激し、波打ち際で手を波に遊ばせたり、記念に小石を拾ったりしました。

九時半近くなって、真っ赤な、大きな日輪が水平線に落ちていく光景は素晴らしく、言葉もなく、立ち尽くすばかりでした。なんていい時代になったことでしょうか。誰もが何の心配もしないで、海辺の夕日を見ることができるなんて！　ここは十一年前までは東ドイツ領でした。西側の国々からの旅人はもちろんのこと、それこそ東ドイツ国民でも砂浜で遊んだりすることは、人民警察の監視が厳しくてまったく自由ではなかったはずです。

バルト海　夕日を背にして　撮影2001年

ふと、途中で寄ったシュヴェリーンの街で、城門近くの生い茂った木の中に、目立たないように置かれていた素朴な、でも大きな石が頭に浮かびました。石の上には「ドイツ　祖国統一　一九九〇・一〇・三　メクレンブルク州民」と読めました。東西ドイツ統一のとき、メクレンブルク州の人々がその喜びを記念して記したものと思われます。分断されて、異なった政治体制下にあっても、ドイツの人々は祖国統一を願っていたのでしょう。

日が落ちて夕闇が迫ってきた浜辺で、家路に就こうともせずに戯れる人々、夕暮れの海を写真におさめる娘、こんな平和な時代がいつまでも続くように、と祈らずにはいられませんでした。
気が付くと一日の疲れはすっかり癒され、また明日からの旅に夢を描いている自分がいました。

（二〇〇一年七月）

9　戦争の爪痕――ドイツ人のハイデさんとギュンターの場合

ドイツ人の画家ハイデさん、ご主人は経済学の大学教授で、彼が現役当時は日本の大学で特別講座を持ったこともあります。そのときは夫妻で来日し、ご主人が仕事をしている間にハイデさんと私はあちこち遊んで歩くのが常でした。

あるとき私はハイデさんを川越散策へ誘いました。喜多院にお参りし、庫裡を見学、「徳川三代将軍家光誕生の間」や「春日局化粧の間」などを巡ったのち、遠州流庭園が見える廊下に出ました。ちょうど紅葉のころで、秋の日を浴びた楓や蔦が一段と映え、美しい日本美を醸し出していました。

ハイデさんは廊下に座り、黙って日本庭園を眺めていました。しばらくすると、眼を庭の方に向けたまま、静かに語りだしました。

私の祖父は戦争のとき、東の戦線（対ロシア）で戦っていたのよ。戦況は激しかったようで、戦争が終わってもどこで命を落としたのか、亡骸《なきがら》もないの。

祖父は生きている間、私たちに「西（オランダやベルギーに接する方向）へ逃げなさい」となんども言ってくれて、母と私たち兄妹はどんどん西の方へ逃げたのよ。私は小さかったのであまりよく覚えてないけれど、母が「戦争中にあちこち逃げ回るのがとても大変だった」とよく言っていたの。

戦後は食べ物が不足して、とてもお腹が空いて辛かったです。母がとても苦労したようなのよ。

話しながら彼女の眼は涙でいっぱいになりました。ハイデさんは意志が強く、弱音を吐いたりしません。そんな彼女の涙を見て私はたじろぎました。きっと戦後、人には語れない苦しい、辛い経験をしたに違いありません。

私は何も言わず、ただ彼女の話に耳を傾けるだけでした。

と同時に、もう半世紀も前の記憶が浮かんできました。

はじめて森田の留学に付いてスイスへ行った一九六八年、ドイツ人の留学生ギュンターと知り合いになりました。彼はそのころはまだ学生には贅沢だった自家用車を持っていて、休暇が終わるとケルンの自宅から、アウトバーンをひたすら走ってスイスへ来るのだ、と言っていました。「お金持ちなんだなぁ」という思いでした。

私たちはある日、ケルンへ遊びにおいで、と彼に誘われました。

ケルンの彼の集合住宅の一角にある住まいは広かったのですが、中はガラーンとしていて、家具もほとんどなく、窓にカーテンも掛かっていなくて、学生の身分で自家用車を持っている人の住まいにしては、質素を通り越して貧しい感じの、とても不思議な空間でした。居間に通されても、彼の両親兄弟姉妹はどこにも見当たらず、「僕のお祖母さん」と紹介された老婦人が出てきただけだったのも意外でした。夕食がすんで、泊めてもらうお部屋へ案内されたとき、ベッド際の古びた戸棚の上に、たくさんの写真立てが並んでいました。立派な軍服（多分ナチスの軍服？）を着た壮年の男性、家族写真と思われる集合写真、着飾った少年、少女の記念写真などなど。思わず知らず、その写真に見入ってしまいました。そんな私たちの姿を見てギュンターが急に、

「みんな、みんな死んじゃったんだ。戦争で、爆撃で死んじゃったんだよ！」

と叫ぶように言ったのです。傍に立つ彼のお祖母さんは、そっと目がしらへ手を当てました。およその事態は想像がつきました。私たちはなにも言いませんでした。いえ、なにも言えなかったのでした。

第二次世界大戦中及び戦後、私はまだほんの幼児でした。そのため直接戦争についてはあまり知りません。戦後の食糧難がひどかったのも、父の実家が比較的豊かでしたから不自由なく暮らしていたと聞いています。でも日本の大都市はことごとくアメリカ軍の爆撃を受け、たくさんの人が焼け出されて社会は混乱の極みだったようです。それと同じくドイツでも、ほとんどの都市は爆撃破壊されて、戦場となった国の中で一般市民は右往左往し、生活はかなり厳しかったようです。そういうことは読んだり、聞いたりして分っていたつもりですが、直接戦争を体験した人々に接して、その人たちから具体的な話を聞いたとき――ギュンターのときも、ハイデさんのときも――驚きが先に立ち、私は彼らになにも問いかけることも、まして慰めることもできませんでした。ただ黙って彼らの言葉に耳を傾け、その哀しみと苦しみはいかばかりであったかと、思いを巡らすだけでした。

戦争は勝った国にも、負けた国にも傷跡を残します。物理的な損害、損傷などは、社会が立ち直るにつれて「復興」という名のもとに消えていきます。

一方、個人が戦争で心に受けた傷は他人には見えにくく、傷の大小も測りがたいものです。そして、心の傷はすぐには消えません。時間が経つにつれて、傷は小さくなり乗り越えられる人もいれば、反対に時間と共に傷が大きく深くなっていくという場合も考えられます。目に見えないだけに始末が悪いと言えます。

ハイデさんとギュンターを思い出すたびに、あれからの年月の間に少しでも戦争の傷跡を癒すことができただろうか、と気になります。そして、彼らのためにも平和な世界が長く続きますように、と祈らずにはいられません。

（二〇一九年六月）

10　バーゼルのファスナハト（カーニバル）
――平和であってこそのお祭り

スイス・チューリヒの学生会館に暮らしていた、半世紀以上前の話です。

三月のある寒い日の午後、廊下でパッタリ会ったウルリケが「今夜から明日の朝にかけて、ファスナハト見物でエヴァ゠マリアとバーゼルへ行くのよ。夜の臨時電車に乗るんだけど、ヒロコも一緒に行く？」、と声を掛けてくれました。突然のことですし、いずれ一人では行動できない私のこと、「ヤスカズに聞いてみるわね」と言って別れました。森田に話してみると「せっかく誘ってもらったんだから、行ってみようか。スイスのお祭りも、見ておくといいかもしれないし」ということで、ウルリケたちに付いて行くことになりました。彼女もエヴァ゠マリアもドイツからの留学生で、バーゼル・ファスナハトを見物するのは初めてのこと。スイスのお祭りを楽しみたかったのだと思います。

バーゼル・ファスナハト

そのころのスイスの三月の夜は生半可な寒さ、冷たさではありませんから、オーバーの下に何枚も重ね着し、靴下も二枚履いて出かけました。チューリヒ発の臨時列車に乗って、バーゼルへはほとんど明け方に到着したと、記憶しています。ウルリケとエヴァ＝マリアはチューリヒ駅ですでにワインの瓶を抱えて乗車、列車の中でいわゆるラッパ飲みをし始め、目的地へ到着するころにはすっかりほろ酔い加減でした。

バーゼル駅で下車し、ライン川沿いの旧市街まで、千鳥足の二人にいささか不安はありましたが付いて行きました。旧市街へ入ると、あちらの街角、こちらの街角から、高音のピッコロや小太鼓が聞こえてきます。自然と音のする方向へ足は向かいました。グループごとに違う仮面を被り、色とりどりの奇抜な衣装を着て、ファスナハトの音色を奏でる集団があちらにも、こちらにも。それを、冷たい空気の中で足を止めて見物。見物客もたくさん！　見物客も色とりどりの服装、さまざまな顔立ち、薄暗がりの中で観客を眺めるのも、私たちには楽しかったです。夜が明けてくれば、冷え込みも厳しくなり、厚着を通して寒さが身に沁みてきますし、手も足も感覚がなくなるほどでした。

どれほど見物して歩いたでしょうか。この寒さの中でずっと見ていることはできない、と思い始めたころ、見失っていたウルリケとエヴァ＝マリアが足取りも怪しいほどに酔った状態で、どこからともなく現れて、「私たちは気のすむまで見物したいの。多分朝まで楽しむから、都合のいいときにヒロコたちは帰ってもいいのよ」、と声を掛けてくれました。

私たちは紙吹雪を浴びながらバーゼル駅へ戻り、再び臨時列車に乗って無事に宿舎へ戻ったのでした。

＊　＊

バーゼルのファスナハトは、毎年灰の水曜日（復活祭の四十六日前）の翌週月曜日から三日間開催されます。開催日は年ごとに変わりますが、例年二月中旬から三月上旬の間の三日間、とても寒い時期に当たっています。長くて寒い冬を、じっと我慢して過ごした人たちが、心待ちにしている春を迎える楽しいお祭りです。職場のグループ、近隣のグループ、その他さまざまなグループが、政治、世界情勢、日常生活などからそれぞれにテーマを選び、ユーモアと風刺をきかせた仮面、衣装を選択、灯籠を作ります。その準備には前年のお祭りが済んだ後から、ほとんど一年の歳月をかけて用意するのだそうです。

このお祭りには世界中に居住、活躍するバーゼル人（?）が、年に一度万難を排して帰郷し、参加すると言われています。開始当日は早朝四時ごろ、あちらの角から、こちらの広場から、と湧き出すように、仮装したグループがピッコロや太鼓の音色を奏でながら街を練り歩き、これが三日間続くのです。

言ってみれば、日本のお盆のようなものです。私が子どものころ、夏休みの楽しみは盆踊りでした。お寺の庭に櫓が組まれて、櫓の上で青年団が笛、太鼓を奏で、それに合わせて村人が輪になって盆踊りを踊るのです。お盆には村を出た人たちが、先祖のお墓参りに戻ってきて、ひととき故郷で盆踊りを楽しんだものです。お盆が三日間続くというのも、ファスナハトに似ています。

＊　＊

私たちがファスナハトに誘われた翌日午後遅く、廊下で眠そうなウルリケに遭遇。エヴァ＝マリアと学生会館へ帰着したのは、どうやらもうお昼ごろだったようでした。聞くと帰路はヒッチハイクをしたのだとか。疲れたけれど、とても楽しかったと、興奮冷めやらぬ体でした。

すっかりファスナハトに魅了されたウルリケは、それから毎年このお祭りを楽しんでいるようでした。「ファスナハトへ行ったのよ」、と日本で聞くたびに、あの寒い夜に紙吹雪の中を、ピッコロと太鼓の音を奏でながら練り歩く行列を思い出していました。

ウルリケはチューリヒ大学卒業後、学生会館で知り合ったアイスランド人のビヤキと結婚、ドイツへ戻らずにチューリヒに居続けました。三十代に入ってから、建築家のビヤキがバーゼルへ仕事の拠点を移したのを機にバーゼルへ移住。最初は郊外の建坪二百平米もありそうな、大きな住まいを借りていましたが、二人の息子が成長して家を出て行くと、バーゼル旧市街の築四百年という細長い四階建て建物を購入。その建物を建築家のビヤキが住みやすく改築して転居したのです。

新しい住まいに落ち着くと、ショッピングには便利、映画・演劇・音楽を楽しむにも便利、生活は一段と快適になった様です。大好きなファスナハトも、旧市街に住んでいれば楽しみも数倍なのは当然のこと。転居後数年は「そろそろファスナハトね。楽しめていいでしょう?」と連絡すると、「そうなの。住まいが大通りに面しているから、窓から見えていいのよ」、と楽しんでいるようでした。そして、孫が生まれてからは孫たちと一緒に、若い日とは違った楽しみ方をしているのが窺われました。

ところが六十代を迎えるころから雲行きが怪しくなりだしました。

「ヒロコ、ファスナハトは笛や太鼓がうるさくて眠れないのよ。だからこの頃ではこの時期になると、どこかへ逃げることにしてるのよ」と言うようになりました。

「あの騒音、耐えられないわよ」「今年は、ヴァリスにあるユルクの別荘へ遊びに行ってたの」とも。

かつてはあの極寒の中、チューリヒからワインの瓶を持ち、電車に乗ってバーゼルまで見物に行ったというのに、いまはもう「ファスナハトはたくさん！」と言うなんて。ウルリケも歳と共に変わってきたのが窺われます。

＊　　＊

この五十年の間に変化したのは、ウルリケの考え方ばかりではありません。ファスナハトを取り囲む環境も、だいぶ変わりました。

まず、地球温暖化の影響のもとで、かつてのバーゼルの早朝の冷たさが、ずっと和らいできたようです。挙行する側も見物する側も、とても楽になったようです。

また、このバーゼル・ファスナハトが二〇一七年にユネスコ無形文化遺産に登録されて以来、ますます有名になって観光化され、ヨーロッパ各地はもとより、ほとんど世界中からの見物客が、以前よりも多く訪れるようになりました。日本でも、「バーゼル・ファスナハト見学ツアー」などが旅行会社によって企画され、大勢のツアー客が見学に訪れるようです。

それは即ち、世界中の人々の往来が自由になったということでしょう。

この半世紀の間に空の交通網は発達し、世界は瞬く間に小さくなりました。人は自分の望むところへ、自由に遠くまで出かけて、あらゆることを楽しめるようになりました。なんていい時代になったのでしょう。

そう言って喜んでいたのも、ほんの束の間でした。

私は戦後育ちですが、それほど食糧難も、物資不足も知りません。戦後、日本がいわゆる高度成長期に入り、豊かさを誇った時代に生きた世代です。六十代、七十代を迎えたとき、自分は戦争もあまり知らず、いい時代に生きることができて幸せだった、と自分の運命をありがたく思っていました。八十代になって、疫病コロナの蔓延、それに次いでロシアのウクライナ侵攻が起きるなどとは、まったく想像だにしていませんでした。「いい時代を生きた」などと考えていたのは、早計でした。人は死ぬまで何が起きるか分からないのです。

実際、ここ数年コロナ禍のお陰で、そして思わぬウクライナ・ロシア戦争もはじまり、世界中の人々の動きが、ほとんど停止してしまいました。人々の行動に制約が掛かれば、観光地は閑古鳥が鳴き、お祭りのような人の集まる催しは中止・禁止になり、海外旅行なども自由にできなくなります。平和とはいったい何なのか、と改めて考えざるを得ません。
そう、何事もない世の中であってこそ旅行も、お祭りも、演劇も楽しめるのです。何事もない社会、それが平和といえます。人生は平和であってこそ楽しく過ごせるのです。若い日の自分がなんの気遣いもなく楽しく過ごせたように、これからの世代も安心して生きて行けるように、コロナ禍が早く治まり、ウクライナ・ロシア戦争が終結して、平和な世の中になって欲しいと願ってやみません。

二〇二〇年、二〇二一年と中止されたファスナハトも二〇二二年には開催された、とウルリケが言ってきました。再開されたとき、ウルリケはやはり嬉しかったようです。このときばかりは家にいて楽しんだと言ってきました。きっと彼女もお祭りが開催できる日常を、いとおしく思ったのでしょう。

（二〇二二年七月）

五　ルター宗教改革ゆかりの地を訪ねる旅——その後

ルター夫人　カタリーナの像（ヴィッテンベルク）

この書のはじめで、一九七〇年夏、私たちはドイツのルター宗教改革ゆかりの地を巡る旅へ出かけたにもかかわらず、目的地へ到着する前に森田が急病になり、やむなく旅を中止する羽目になった顚末をお話しました。

あの時、あまりに思わぬ出来事に出会ったため、それっきりルター宗教改革ゆかりの地への旅を諦めてしまった、と思われるかもしれません。

いいえ、いいえ、諦めたりはしませんでした。諦めるどころか、それから何度もルターゆかりの地を訪ねています。

まず、東ベルリンでの出来事があった四年後、一九七四年四月から翌年三月まで一年間、森田が日本学術振興会の在外研究員として、一家四人――この時は娘二人を帯同――でチューリヒに滞在しました。娘たちがまだ幼かったため、何をするにも車が必要でしょうという思いから、中古のカブトムシ型フォルクスワーゲンを購入。中古車でしたが、とても性能がよく、フランスからイタリア、オーストリアと、一度として故障することもなく走り回ってくれました。

そしてこの車で、森田はバーゼル大学で研究滞在中のお茶の水女子大助手のF先生と、東ドイツへ出かけました。私と娘たちは、ユルクの故郷ヴァルツェンハウゼンに残り、タンテ・マルタとオンケル・アドルフのところでお世話になりました。一週間ほどの予定で出かけましたが、二人が事故に遭うこともなく、無事にスイスへ戻ってきたときは、それこそホッとしました。

この旅で、森田はヴィッテンベルクをはじめとする、いくつかの宗教改革関係の都市を巡ってきました。ただ、一緒に行ったF先生は理科系の研究者で、ルターや宗教改革にはあまり興味がなかったらしく、森田にとってもあまり印象深い旅とはならなかったようでした。それと、慣れない車の運転が、旅の楽しさを満喫させてくれなかったのでしょう。そのせいか、この旅のお土産話を、私はほとんど聞いていません。


それからしばらくの間は、スイスへは出かけて行きましたが、ドイツ東部まで足を延ばすチャンスがありませんでした。

その機会がやっと訪れたのは、ベルリンの壁が崩壊し、ドイツが再統一してから十一年後の二〇〇一年のことです。その年、森田は勤務大学のサバティカル制度を利用して、バーゼル大学に研究滞在しました。長女がその前年からドイツに留学していましたから、夏休みに親娘三人で旧東ドイツ領を旅しました。その旅は結構壮大で、スイスのバーゼルからドイツへ入り、娘の留学先へ。そしてハンブルクを通って、シュベリーン、ロストックに出てバルト海を楽しみ、そこから南下してベルリンへ。ベルリンからヴィッテンベルクへ行きました。

それこそ楽しみにしていたヴィッテンベルクの街でしたが、ルターシュタット・ヴィッテンベルク駅頭に立った時の第一印象は、「田舎の駅！」というものでした。駅舎もくたびれた建物でしたし、線路には背の高い雑草が至る所に生えていて、うら寂しい田舎街という雰囲気でした。

街へは夕方に到着、街の中央にホテルを見つけて一泊。翌日、ルターが九十五箇条の提題を貼り付けて、宗教改革の契機となったという、城教会の扉や、教会内を存分に見学しました。ところが、前もって細かく調べておかなかったために、肝心のルターハウスをはじめとして、クラーナハハウス、メランヒトンハウスなどが閉館日に当たっていました。

私たちは、宿題を与えられたような、気分の晴れない思いで帰途に着いたのでした。

翌二〇〇二年の夏、森田と私は旅行会社主催のチェコ・ハンガリー・ツアーを楽しみました。その旅の行程が終わってから、プラハで日本へ帰国するツアーを離れ、電車でドイツへ入り、ドイツ留学中の娘とライプツィヒで合流する計画でした。ところが、この年はヨーロッパが大洪水に見舞われた時で、ドレスデンの街もツヴィンガー宮殿も水害に遭っています。従って、プラハからライプツィヒへの最短距離を走る鉄道線路も水浸しになり、電車が予定通り走りませんでした。プラハから、かなり大回りをしてドイツへ入った記憶があります。そんな中でも無事に、ライプツィヒで三人が集合、ハレ、ナウムブルク、エアフルト、ワイマールなどを訪ね歩きました。

この旅も、親娘三人で楽しかったです。けれども念願だった、ルターが一時滞在したヴァルトブルク城は、時間の都合上訪ねることが出来ませんでしたし、エアフルトではルターの修行した修道院は閉まっていて、やはり観られませんでした。旅が終わっても、私たちはそれぞれに、どこか残念な思いを抱いていました。

そして、いつか満足のいくルター宗教改革ゆかりの地の訪問をしてみたい、と三人でそれぞれに夢を温めていました。

それから十五年目の二〇一七年は、ルター宗教改革五百年という記念の年でした。ドイツは国を挙げてお祝いするため、ルターと宗教改革に関係する名所、建物、ミュージアムなどを整備して、世界中からのルター信奉者、研究者、観光客を迎え入れました。私たちの周りの何人かの友人、知人もルター巡りの旅に出ました。そのためもあって、どこでもホテルは満員、予約が取れないというほど、ドイツは大賑わいだとの情報が伝わってきました。

それではと、私たちは一年待ちました。

翌年二〇一八年夏、今度こそという思いで、親娘三人でルター宗教改革ゆかりの地を訪ねる旅に出ることにしました。私はこの旅を、絶対に成功させたいと思いました。

成功させるために、いろいろな努力をしました。忙しい二人の代わりに、計画を立てるのを私が一手に引き受けました。細かい日程を組み、旅程に合わせてホテルを予約し、博物館や美術館の開館日を、インターネットを駆使して確認。訪ねた先で休館日などということがないように、注意を払いました。

また、大きな荷物を持って移動しますから、観光する街の最寄りの駅へ、大型トランクが入るコインロッカーが設置されているかどうかまで、駅へメールで問い合わせたりしました。もちろん列車の発着時間、発着ホーム、乗換時間もＤＢ（ドイツ連邦鉄道）のホームページを利用して細かく調べて行きました。また、グーグルマップを利用して街の地図と訪問場所も、入念に確認しておきました。

あらゆる面で、これまでの旅よりもずっと用意が整いました。それは偏に、インターネットが普及したことによります。インターネットは旅の在り方を大きく変えたといえます。

この旅の方針は、ルターが生まれてから、亡くなるまでのゆかりの地を、出来る限り順に辿ってみよう、ということでした。

まず、アイスレーベンのルターの生まれた家、洗礼を受けた教会、洗礼盤。

子どものころを過ごしたマンスフェルトの家、通学した小学校、通った教会。

エアフルト大学入学後の宿舎、下宿先。

エアフルトの、修道士になって修行した独房が残る、アウグスティナー修道院。

宗教改革がはじまって、不穏な世間から一時身を匿ってもらったヴァルトブルク城。城内の聖書をドイツ語へ翻訳した部屋。

アイスレーベンのルターが亡くなった家。

そしてもちろん、ルターが一番長く過ごした、ヴィッテンベルク。

ルターシュタット・ヴィッテンベルク駅は、十七年前とはまったく変わっていました。人影こそまばらでしたが、駅舎もきれいになり、駅前も整備されて、その前年の宗教改革五〇〇年記念がどれほど盛況だったかを物語っていました。そして、事前のリサーチ通り、ルターハウスをはじめとする見学個所を、丸一日掛けてゆっくり見て回りました。

この旅に、私たちはとても満足しました。帰国後も、ときどき旅を思い出しては、食卓で話が弾みました。

中で、私が印象に残った思い出が二つあります。

一つ目。ルターが子どものころに住んだマンスフェルトの家は、前年の宗教改革五百年に合わせてきれいに整備されました。そのとき、土台下から出てきた「ビー玉」と「さいころ」が、生家の道路を挟んで反対側に建設された、大きな新しい「ルターミュージアム」に展示されていました。その遊具を、ショーケースの中に見つけたとき、本当にルターが遊んだものなのかと訝りながらも、私の想像は膨らみました。ルターがビー玉をころがしたり、さいころを振って遊ぶ姿を思い描いて、ルターにも子どものころがあったのだと思い至り、気持ちが和みました。

もう一つは、ルターが若い日、広い茫々たる平原で、雷に打たれて命を落としそうになった場所へ行ったときのことです。

ルターはエアフルト大学在学中、よく両親のいるマンスフェルトの家とエアフルトにある大学を、徒歩で行き来したのだそうです。まだ鉄道もない時代、歩くしかなかったのでしょう。もっとも、実際ドイツ人の歩くのは、私ども日本人よりずっと早いです。エアフルトとマンスフェルト間は、地図で見るとほぼ五、六十キロありますが、途中一泊宿を取ったりすればそれほど苦にならなかったのかもしれません。

ある時、家から大学へ戻る途中、何も遮るものも樹木もない草原で雷雨に遭います。豪雨と閃光、次いで激しい雷鳴、ルターは恐れおののきます。あまりの恐ろしさに、地に伏して、「聖アンナ様、助けてください。助けてくださったら、修道士になります」と祈ります。難を逃れたルターは、エアフルトへ到着すると言葉通り、アウグスティナー修道院へ入ってしまいます。そこからルターの信仰への道が始まったとされているのだそうです。


日本出発前、その「ルターが雷に出会った場所へも、行ってみましょう」ということになりました。インターネットで調べると、その地がエアフルト郊外のシュトッテルンハイム近くにあり、記念碑が立っていることまで分かりました。

エアフルト滞在一日目、駅でタクシーをつかまえ、初老の運転手さんに「ルターの記念碑があるところへ」と頼んで、私たちは乗りこみました。

運転手さんは、「ルターの記念碑？　わたしは知らないねぇ。どこだろう？」と不安げです。ナビに導かれて、迷いながら、探しながら、目的の記念碑に到着しました。

ルター記念碑　撮影 2018 年

私たちは「運転手さん、ありがとう！」と大喜びしました。

すると、運転手さんがつぶやいたのです。

「これがルターの記念碑？　わたしはエアフルトに長く住んでいるし、子どもが小さいときは、そこに見える湖（傍に湖があります）へ、週末よく泳ぎに連れてきたものさ。今でもたまに泳ぎにくるから、この場所は良く知っているつもりだったけど、こんな石碑があるなんて、全く知らなかったねぇ。いままでまったく気が付かなかったねぇ。ふーん、ルターの記念碑ねぇ」と。

前年には世界中から、たくさんの観光客がエアフルトを訪問しているはずですが、この運転手さんは、「ルターの記念碑」へ行くお客さんには出会わなかったのでしょう。世の中は面白いと思いました。

遠い日本からわざわざ、野原に建つ「ルター記念碑」を観にくる人もいれば、長くエアフルトに住んでいても、「ルターの記念碑」がそこにあるのを知らないまま過ごしている人もいるのです。人生の楽しさ、奥深さを感じました。

この旅はとても楽しかったです。これからも機会があったらドイツやスイスへ行ってみましょう、動けなくなる前に、出来る限り出かけましょう、と考えるようになりました。

ところが、二〇一九年十二月から世界はコロナ禍に見舞われ出しました。家にいる生活を強いられ、ちょっとした外出もできなくなりました。お祭りをはじめ、スポーツ観戦など、人の集まるイベントはことごとく中止。当然のこととして、外国旅行をすることなど、考えられなくなってしまいました。

それから三年の歳月が流れようとしています。この三年という在宅生活は私たち高齢者の肉体を、目に見えない形で痛めつけました。もう外国へ旅に出られるほどの体力が無くなってしまいました。

そうなった今、二〇一八年にドイツへ出かけておいてよかった、と心の底から思います。実行しようと思ったことは、先延ばししない方がいい、ということなのかもしれません。ルターは、今がチャンスと、私たちを招いてくれたのでしょう。

（二〇二二年一一月三〇日）

おわりに

本を作ってみようと思い立ったのは、コロナ禍で在宅生活が長く続く中でのことで、具体的には二〇二二年に入ってからです。

まず、若い日に書いた文章を順にパソコンへ打ち込んでいきました。その上に改めて書き足して、ひとまず原稿が整ったのはちょうど去年の暑さ厳しいころです。時間をかけて、なんとか本の形に出来上がったのはとても嬉しいです。

最後に、半世紀の長きにわたる交友を、細く長く続けてくれたスイスの友人たちへ心からの感謝を。その機会を与えてくれた夫・森田安一と、文中にたびたび登場する娘たちへも、改めて感謝します。

そして何よりも、この本を出版したいという無謀な願いを叶えてくださった、刀水書房社長の中村文江（さとうふみ江）氏をはじめ、お世話になりました方々へ心よりの御礼を申し上げます。

ありがとうございました。

二〇二三年九月

森田弘子

《著者紹介》

森田弘子（もりた　ひろこ）

1941年11月　東京に生まれる

1965年3月　日本女子大学文学部英文学科卒業

1968年～1970年　スイス史研究者の夫 森田安一と共に
スイス・チューリヒに滞在

その後も何度かチューリヒ，バーゼルに滞在

バーゼルの虹　ドイツの旅・スイスの友

2023年10月29日　初版1刷発行

著者　森田弘子

発行者　さとうふみ江

発行所　ZΩION《ゾーオン》社

〒101-0065　東京都千代田区西神田2-4-1 刀水書房内

組版　MATOI DESIGN

印刷　亜細亜印刷株式会社

製本　株式会社ブロケード

©2023 ZΩIONsha, Tokyo　ISBN978-4-88708-937-2　C0095

発売元　株式会社　刀水書房

〒101-0065　東京都千代田区西神田2-4-1　東方学会本館

TEL 03-3261-6190　FAX 03-3261-2234　振替 00110-9-75805